中华先锋人物
故事汇

吴孟超
肝胆相照

WU MENGCHAO
GANDAN-XIANGZHAO

大秀 著

图书在版编目（CIP）数据

吴孟超：肝胆相照／大秀著．—南宁：接力出版社；北京：党建读物出版社，2022.12

（中华人物故事汇．中华先锋人物故事汇）

ISBN 978-7-5448-7973-6

Ⅰ.①吴…　Ⅱ.①大…　Ⅲ.①传记小说－中国－当代　Ⅳ.①I247.5

中国版本图书馆CIP数据核字（2022）第218441号

吴孟超——肝胆相照

大秀　著

责任编辑：	曾先运　郝英明
责任校对：	阮　萍　杨少坤
装帧设计：	严　冬　　**美术编辑：** 高春雷
出版发行：	党建读物出版社　接力出版社
地　　址：	北京市西城区西长安街80号东楼（邮编：100815）
	广西南宁市园湖南路9号（邮编：530022）
网　　址：	http://www.djcb71.com　　http://www.jielibj.com
电　　话：	010-65547970/7621
经　　销：	新华书店
印　　刷：	北京科信印刷有限公司

2022年12月第1版　　2022年12月第1次印刷

787毫米×1092毫米　32开本　　4.625印张　　70千字

印数：00 001—10 000册　　定价：25.00元

本社版图书如有印装错误，我社负责调换（电话：010-65547970/7621）

目 录

写给小读者的话 ············ 1

下南洋的苦孩子 ············ 1
小小的割胶少年 ············ 7
把餐费捐给祖国 ············ 13
我要回国,我要抗战 ········ 19
为什么只有我们按手印? ···· 25
只有读书才能救国 ·········· 29
勇闯"三关" ·············· 35
我要当外科医生 ············ 39
卧薪尝胆,勇闯禁区 ········ 43
乒乓球与标本实验 ·········· 49
领跑世界的医学理论 ········ 55

三十六斤重的巨大肿瘤·········61
一场震惊中外的手术·········67
旧金山刮起了"吴旋风"·······73
名誉算什么，我不就是一个
　　吴孟超嘛·········77
一双与众不同的手·········85
病人就是亲人·········89
一心想着为病人省钱·········95
对自己节俭的老人·········99
手术室是他最喜欢待的地方··103
父爱如山·········109
九十七岁，他退休了·········113
师徒情深，肝胆相照·········117
严师出高徒，桃李满天下······121
他感动了中国·········127
医者仁心，人民难忘·········131

写给小读者的话

亲爱的小读者们，你们好！今天，我带大家认识一位十分了不起的医生爷爷。有小读者会好奇地问，这位医生爷爷是谁呢？他又有多么了不起呢？

别急，别急，我慢慢讲给大家听。

这位爷爷是我国著名的肝胆外科专家，是中国肝脏外科的开拓者和主要创始人之一，是国家最高科学技术奖获得者，是一位优秀共产党员。

他出身于贫苦人家，小小年纪饱经磨难却永不放弃，天不亮就光着脚去橡胶园里割胶；他心系祖国，毕业时号召同学们把聚餐的费用捐给抗战前线；祖国受难，他毅然回国参加抗战；面对现实，他改变思路，决定通过读书曲线救国……

他医术高明,被无数病人亲切地称为"当代神医"。

他为一位走投无路的病人成功摘除了三十六斤重的巨大肿瘤;他把看不到希望的女大学生从死亡线上拉了回来,给了她第二次生命与青春;他勇于尝试,为只有六个月大的女婴成功实施了高难度的肝脏手术;他在一个国际医学论坛上的精彩发言引起全球瞩目,让世界对中国肝胆外科刮目相看;他把病人当亲人,时时处处为病人着想,想尽办法为病人省钱;他心怀病人,九十多岁还奋战在手术台上……

他就是"中国肝胆外科之父"吴孟超爷爷。吴孟超爷爷一生从医七十余年,九十七岁退休,将超过两万名病人从死亡线上拉了回来。实在是了不起!

吴孟超爷爷曾这样说:"我是一名医生,更是一名战士,只要我活着一天,就要和肝癌战斗一天。即使有一天倒在手术台上,也是我最大的幸福。"

吴孟超爷爷于二〇二一年五月二十二日永远离开了我们，可他谱写的一个个富有传奇色彩的故事永远镌刻在我们心里。璀璨夜空中的第17606号小行星被永久命名为"吴孟超星"，这颗闪烁的星星默默地为前行中的我们引路。

　　下面，就让我们一起聆听吴孟超爷爷精彩动人的故事吧。

下南洋的苦孩子

福建省闽清县云龙乡后垅村是一个十分普通的小山村。

一九二二年八月三十一日,一个男孩在这里出生了。此时已是初秋时节,男孩的父亲吴孔钦便给儿子取名叫吴孟秋。吴孟秋长大后,也许觉得自己的名字有点女孩子气,便改名为吴孟超。

后垅村,这个被闽江滋养着的小山村四周群山连绵,田地十分稀少。由于地形地貌复杂,这里一年四季旱涝灾害交替出现,生存环境十分恶劣,生活在这里的人们即使再勤快、再节俭,也难以填饱肚子。那时候,吴家和村里大部分人家一样,生活极其困难,吃了上顿没下顿,一家老小个个面黄肌瘦。

由于长期严重营养不良,吴孟超两岁时还不会走路。母亲徐红妹望着小孟超常常抹眼泪。作为一家之主的父亲安慰家里人说:"日子总会好起来的。"

可是,由于连年军阀混战,再加上苛捐杂税和自然灾害,闽清一带的不少农民不得不背井离乡到南洋①谋生。

父亲决定去南洋搏一搏。此时,吴孟超的大弟吴孟冬还不到一岁,看着嗷嗷待哺的两个孩子,母亲同意了父亲的想法。

父亲离开时,母亲和吴孟超恋恋不舍地拉着他。背着简单行囊的父亲抚摸着吴孟超的头说:"等我在南洋站稳脚跟就回来接你们。到那时候,我们一家人就可以在一起生活了。"

父亲大手一挥,咬了咬牙,登上了开往南洋的船。

父亲走后,吴孟超非常思念父亲,他常常站在

---

① 南洋是明、清时期民间对东南亚一带的称呼,包括马来半岛、菲律宾群岛、印度尼西亚群岛等地。——编者注

村头向远处眺望。母亲安慰小孟超,说:"你阿爸用不了多久就会接我们去南洋生活。到了南洋,咱们再也不用过苦日子了。"

于是,小孟超更加盼望早点见到父亲。

父亲到达南洋的第一站是吉隆坡的香蕉种植园。在那儿,他干的是除草、收割等粗重活儿,又苦又累,收入还十分微薄,只能勉强填饱自己的肚子。父亲最初的计划是把妻儿接到身边一起生活。可是,目前看来,这份工作连自己都难以养活,这不是长久之计啊,一定要想想办法。于是,过了不久,父亲又跟随别人到了马来西亚沙捞越的诗巫(今砂拉越州泗务)垦荒种地。

父亲发现来诗巫谋生的福建人越来越多,家乡人来到人生地不熟的南洋,难免会产生思乡之情,难免会想念家乡的食物。米粉是福建人的日常主食,来南洋的老乡肯定很喜欢吃,父亲心想,既然这样,为什么不尝试着做米粉去卖呢?

穷则思变,父亲说干就干。父亲做的米粉物美价廉,赢得了口碑,米粉生意的规模也渐渐扩大起来。

一转眼,父亲去南洋一年多了。父亲去南洋的时候,吴孟超尚处于懵懵懂懂的年纪,现在,五岁的吴孟超懂事了不少。吴孟超常常思念远在他乡的父亲。他想,如果能和父亲团聚该多好呀。

一九二七年的一天,远在南洋的父亲让回闽清探亲的老乡捎来了一封信。母亲和吴孟超握着信激动不已。他们迫不及待地打开信,让村里识字的人读给他们听。父亲说他在南洋的生活有了好转,现在可以去南洋和他一起生活了。吴孟超开心得手舞足蹈,紧紧地抱住母亲说:"可以见到阿爸了!可以见到阿爸了!"

这一年,母亲带着吴孟超和不到一岁的二弟吴孟良搭上了去往马来西亚的船只。

第一次看到大海的吴孟超很兴奋,他感受到了大海的壮阔和美丽。原来世界很大很大,并不是只有自己生活的那个小山村呀。

在大海上漂泊了一个多月后,吴孟超和母亲、二弟三人终于到达了南洋。但在南洋的日子并没有比在家乡时好多少,他们常常用当地人喂猪的香蕉芯子来充饥。虽然生活依旧很苦,但一家人能在一起，让吴孟超备感幸福。

父亲一直对生活充满着美好的期待，他对吴孟超说："只要努力干，日子总有一天会好起来的。"

穷人的孩子早当家，为了帮家里减轻负担，五岁的小孟超天不亮就起来帮助父母淘米、舂米，制作米粉，把米粉晾晒到院子里。小孟超白嫩的小手很快便磨出了血泡，但是他一句怨言也没有，一滴眼泪也没流，一直咬着牙坚持干。因为他知道，父母比自己更艰辛不易。

小小的割胶少年

全家人的同心协力，父亲的勤俭持家，老乡的热情支持，使得吴家的米粉生意越来越红火，吴孟超家里渐渐有了一些积蓄。

那时候，来南洋闯荡的人们为了让生活更有奔头，存了钱就会置买一片橡胶园来经营。父亲也学着别人买了一片橡胶园。这块并不大的橡胶园成了吴孟超家里的全部希望。

橡胶园的活儿非常繁忙，家里人手不够，勤劳懂事的小孟超就学着大人的样子干起了活儿。他觉得自己已经长大了，是一名男子汉了，家里遇到困难时，应该勇敢站出来担当。

经营橡胶园最辛苦的事情就是割橡胶。橡胶要赶在天亮以前割完，不然，太阳出来天热之后流出来的胶液就会凝固，从而影响橡胶的产量和品质。凌晨一两点钟，当别人家的孩子还在香甜的睡梦中时，吴孟超就从床上爬了起来。每天，他背起筐篓，左手提着油灯，右手握住割胶刀往橡胶园里赶。

吴孟超没有像样的衣服和鞋子，就穿一条破旧的短裤，光着脚。橡胶园里一片漆黑，微弱的灯光下看不见藏在茅草里的荆棘。锋利的荆棘扎进他的脚掌里，一阵钻心的疼痛袭来。吴孟超蹲下身，仔细一看，脚掌被扎破了一道长长的口子，鲜血汩汩流淌出来。更恐怖的是，在橡胶园的荒草丛中常常会遇到蜈蚣和蛇。

吴孟超顾不得那么多，干好活儿对他来说才是重中之重。他手握割胶刀，学着父亲的模样在橡胶树上轻轻切出一个斜口，乳白色的胶液慢慢渗出，一点一滴地流到挂在树上的胶碗里。

割胶是一个技术活儿，要想获得高品质的橡胶，千万不能割伤橡胶树里的水线。在吴孟超看来，那条水线就像人体的血管一样，是橡胶树的营

小小的割胶少年

养线。如果把水线破坏掉了,这里就会长出一个疙瘩,不仅影响橡胶树的美观,还会影响橡胶的产量。很多割胶工人不注意这个细节,但吴孟超很认真细致。随着割胶时间的不断增长,吴孟超积累了不少经验,也总结出了割胶的技巧:稳、准、快。"稳"就是抓刀要稳,"准"就是接刀要准,"快"就是动作要迅速。这也可以算是吴孟超日后做手术最早期的练习吧。

一棵,两棵,三棵……天亮时,吴孟超已累得满头大汗,气喘吁吁。不知不觉间,他已经割了一百多棵橡胶树。装满割下来的树皮的筐篓压得矮小的吴孟超站都站不稳。

当时,橡胶市场完全被英国殖民者所掌控,即使品质再好的胶,价格也被他们压得很低很低。吴孟超和父亲恨透了他们,但又没有什么办法,只能任凭他们宰割。父亲对吴孟超说:"光靠割橡胶永远也没有前途,只有读好书,学好文化知识才不会被人欺负。"

吴孟超牢牢地记住了父亲的这句话。父亲没有读过多少书,尝尽了没文化的苦,他知道文化知识的重要性，即使生活再难再苦，也要把吴孟超培养成才。吴孟超八岁那年，攒够了学费的父亲便把他送去当地的光华学校读书。

光华学校是由爱国华侨创办的一所子弟学校，"光华"是"光耀中华"的意思。孙中山先生去南洋时专门为学校亲笔题写了校名，还题写了校训："求知求义最重实践，做人做事全凭真诚。"这则校训，对吴孟超人生道路的选择起到了非常重要的引导作用。

学校在师资和课程设置上非常"中国化"。校长和老师都是从国内来的，上课用的是中文教材，学校一直给学生灌输爱国主义思想，经常给学生们讲述国内同胞的英勇抗战事迹。吴孟超听了热血沸腾，爱国的种子在他小小的心里生根发芽。

"以后我也要参加抗战。"吴孟超对老师说。小小年纪的吴孟超能说出这句话，让老师大为惊讶，也感到十分欣慰。

光华学校是专门为华侨子女创办的学校，在课程设置上也非常人性化。校长知道每个孩子都有家务要做，便统一安排学生们半工半读，即上午做工，下午读书。

吴孟超每天从橡胶园干完活儿，就急匆匆赶到学校去上课，这样的生活一直持续了九年。九年间，吴孟超的学习成绩丝毫没有受到割胶的影响，相反，艰苦的生活磨炼了他坚强不屈的意志。在异乡生活的不易也让他更加懂得学习的重要性，更加珍惜来之不易的读书机会。

年复一年的割胶生活让吴孟超的双手磨出了厚厚的老茧，但童年割胶的经历对吴孟超来说也是一笔十分珍贵的财富。也许正是割橡胶磨炼出来的握刀本领，为他一生握手术刀做好了最完美的铺垫。

许多年后，吴孟超还随身携带着童年那把堪称"古董"的割胶刀。也许他在用这把割胶刀时时刻刻提醒自己，不要忘记那些艰苦的岁月，不要忘本。

把餐费捐给祖国

　　一九三七年七月七日，卢沟桥事变爆发，拉开了全民族抗战的序幕。轰隆的炮火声激起了中国爱国将士和百姓的愤怒，也激起了马来西亚热血爱国华侨的愤怒。

　　一九三七年十月，身在南洋的著名侨界领袖陈嘉庚先生发起成立了"马来亚新加坡华侨筹赈祖国伤兵难民大会委员会"，并担任首任主席，筹募了一千万新加坡币，用来支援祖国的抗日战争。

　　陈嘉庚是福建省厦门人，他的行动团结了在南洋的爱国华侨同胞，大家都开始积极开展抗日救亡运动。

　　当时，英国殖民当局禁止马来西亚学校给学生们教授中国历史和中国文化。时任光华学校的校长程立军是一位思想进步的爱国华侨，他对殖民当局的做法很是不满。他总是想方设法给学生们讲述中国五千年的悠久历史和光辉灿烂的文明，讲国内的抗日形势和"国家兴亡，匹夫有责"的道理，把爱国理念灌注到这些漂泊海外的热血游子心中，号召爱国华侨团结起来，奋起救国。

老师讲得热泪盈眶，吴孟超听得义愤填膺、热血沸腾。在老师的感染下，共产党、八路军、延安、毛泽东、朱德……一些以前从未听过的名词和人物，开始频繁闯入吴孟超的脑海里，并在他心里生根发芽。

吴孟超非常痛恨那些欺负中国人的外国人，同时也特别希望自己的祖国能够强大起来。他通过各种途径搜集抗战信息，时刻为走上救国道路做准备。

一九三九年夏天，吴孟超即将初中毕业。按照当地学校惯例，毕业前夕，校方和家长共同出资安排毕业生聚餐。作为班长的吴孟超负责收餐费事宜，当他把餐费收齐后，听说上一届的同学都把餐费捐给了祖国用来抗战。吴孟超心想，如果这笔钱能用来帮助前线的战士该多好啊！尽管这笔餐费并不多，也是表达了自己和同学们的爱国之心啊。想到这里，他心里为之一颤，自言自语道："对，把聚餐的钱捐给祖国正在浴血奋战的前方将士比聚餐更有意义，考验我们的时候到了，我们应该把餐费分文不剩地捐出来。"

吴孟超和副班长林文立商量着把这个想法告诉同学们，没想到一呼百应，大家纷纷表示愿意把餐费捐献给祖国。

为了尽量多筹得一些捐款，吴孟超把自己的零用钱全部拿了出来。他还和同学们组织演讲会、报告会、义演队，到华侨聚集地进行宣讲募捐。大家被这些爱国青年的行为深深打动了，纷纷倾囊相助，为抗战献出一份自己的力量。

没多久，吴孟超和同学们便募捐到了很大一笔款。望着这份沉甸甸的爱心捐款，大家心里涌现出一股从未有过的使命感和满足感。

但是南洋距离祖国十万八千里，国内又处在战乱时期，怎样才能把这笔捐款安全送到前线呢？吴孟超和同学们去征求校长的意见。校长提议把这笔捐款交给爱国华侨领袖陈嘉庚，由他转交在延安的八路军总部。大家连夜把钱送去后，心里一块石头总算落了地。就这样，这笔饱含着异国他乡爱国青年一片赤心的、以"北婆罗洲萨拉瓦国第二省诗巫光华初级中学三九届全体毕业生"名义捐出的抗日捐款飞向了抗日根据地——延安。

毕业典礼那天，吴孟超和同学发现学校宣传栏前面挤满了人。吴孟超跑过去，可是他个子矮，看不到里面。这时候他听到有围观的同学说："祖国来电报啦！"

吴孟超好奇地问："什么电报？"

"捐款的感谢电报。"那位同学回答道。

这句话更加激起了吴孟超的好奇心，他使尽浑身解数终于挤进了最里面。宣传栏上果然贴着一封感谢电报，他跟着大家一起大声朗读电报的内容。

读到最后落款处，吴孟超突然惊叫起来："毛泽东同志和朱德同志！"

没错，感谢电报的落款处赫然写着毛泽东和朱德的名字，吴孟超激动得紧紧抱住同学！

这封电报他读了一遍又一遍，每一个字都深深地刻在了他的脑海里。这封电报就像一面鲜红的旗帜，引领着吴孟超今后的人生方向。吴孟超年少的心从此被烙上了红色的印记——回祖国去！到延安去！到抗日前线去！

我要回国，我要抗战

转眼间，吴孟超初中毕业了。经过多年的生活磨炼，他已经长成了一个有思想、有主见的大小伙。眼下，摆在吴孟超面前的出路有两条：跟着父亲学做生意或者继续读书。

由于光华学校没有高中部，当地的华人子弟要想接受更高层次的教育，只能选择去英国人开办的殖民地学校。

吴孟超和几个志同道合的同学对洋人创办的高中很反感。他们一起商量决定不去读洋人的高中。可是，不去读高中又能做什么呢？

"我想好了，我决定回国，去前线参加抗战。"吴孟超说。

其他同学也纷纷响应："我们也是这样的想法，那我们一起回国吧！"

他们讲着讲着，手紧紧地握在了一起。

回国可是一件大事，一定要告诉自己的父母。吴孟超心里忐忑不安，父母会支持自己这个决定吗？

一天吃午饭时，一家人又讨论起了吴孟超的未来。按照父亲的意思，既然儿子学习成绩那么好，去读高中是顺理成章的事，不然那真是太可惜了。

吴孟超听了父亲的安排，立刻反驳道："阿爸、阿妈，洋人办的高中我才不去读。"

"为什么不去读？读了高中，以后就不会像我一样吃苦受累了，也不会被人欺负了呀！"父亲严厉却又不失温和地对吴孟超说。

"你是块读书的料，又是家里的长子，不读书怎么行？"母亲也劝道。

吴孟超低着头沉默不语。

可无论父母怎样劝说，从小就受到爱国思想熏陶的吴孟超还是坚决不去，因为他心里装着祖国和祖国的人民，装着祖国抗战前线的战事。

父亲和母亲商量了一下,无奈地说:"既然你不愿意读洋人办的高中,那你跟我学做生意吧,这也是一条不错的出路。"

吴孟超立马摇摇头说他不愿学做生意。

"高中你不愿意读,又不愿意学做生意,那你想做什么呢?"母亲感到奇怪。

吴孟超放下筷子,对母亲说:"阿爸、阿妈,其实……我有了主意。我想和同学一起回国。"

母亲听后愣了一下,惊讶地问:"你说什么?你要回国?"

父亲也愣在那里,说:"什么?你要回国?!"

吴孟超肯定地点点头,说:"是的,我要回国。"

母亲放下碗筷,激动地说:"现在国内在打仗,兵荒马乱的,你竟然要回国?再说,回国你能做什么?"

"阿妈,正是因为这样动荡不安的局面我才要回去抗日,拯救祖国。"受到感召的吴孟超,早已将一颗火热的赤子之心投向了伟大的革命圣地延安。

吴孟超从小就在自己身边长大，母亲自然舍不得他独自离开，也放下不心。

吴孟超看到母亲有点犹豫，眼睛里闪烁着泪光，说："我们班同学给国内抗日队伍八路军捐了款，前阵子毛泽东同志和朱德同志给我们回了电。我要去延安找他们。"

母亲也许还不知道，对吴孟超来说，那封来自祖国的电报不仅是一封烙印一生的红色电报，更是一面号召他去奋战的鲜红旗帜，召唤着他早日回到自己朝思暮想的祖国。

见多识广的父亲觉得吴孟超刚从学校出来，这种想法是心血来潮、一时冲动，想让他冷静几天再说。想到这里，父亲和母亲暂时放下心来。

可是，几天后的一个晚上，让父亲和母亲想不到的是，吴孟超又对他们提出了要回国参加抗战的想法。父亲停下手里的活儿，认真地望着儿子，没有说话，眼角却湿润了。

"我已经长大了，马上就是成年人了，我做的选择是经过深思熟虑的，请你们相信并尊重我的选择。"

吴孟超的表现，让父亲和母亲感受到了他对回国的渴望，感受到了他的满腔热血和赤诚之心。最终，他们含泪答应了他的抉择。

父亲让吴孟超坐下来，他告诉吴孟超，作为成年人，既然选择了这条路，就要义无反顾地走下去，即使前面的路途再曲折，也不要回头。吴孟超激动地向父母保证绝不会让他们失望，更不会让祖国失望。

吴孟超和五名同学离开那天，父亲和母亲带着妹妹去码头给他送行。望着吴孟超单薄的身影，母亲再也控制不住自己的情绪。在父母的眼里，他还是一个羽毛未丰的孩子啊！

登船前，吴孟超望着父母和妹妹，心里有说不出的不舍和难过。他对父母亲说："阿爸、阿妈，你们放心，我会照顾好自己。不把日本侵略者赶出中国，我决不回来。"

父亲点点头，为儿子的这种坚定信念感到自豪，也为他的满腔热血和担当意识感到自豪，更为有这么一个好儿子感到骄傲。他知道那个大的"家"更需要他，只有大"家"繁荣富强，小"家"

才能安稳幸福。

吴孟超向岸上的家人挥手,家人也使劲向他挥手。站在码头上的父亲和母亲,眼泪像断了线的珠子一样落在地上。

轮船渐渐消失在远方的海平线上,吴孟超的心离祖国也越来越近,越来越近……

为什么只有我们按手印？

一九四〇年春节过后，吴孟超和五位同学终于踏上了回国的征程。他们信心满满，下决心为抗战奉献自己的青春。可是，由于此时的上海已被日本侵略者占领，他们乘坐的轮船不能直接到达祖国，而是要先到新加坡、越南，再到达中国云南省。

二十几天后，他们到达越南西贡（今越南胡志明市）时，被要求下船签证。那时的越南是法国的殖民地。

吴孟超和同学们匆忙赶往海关排队办理签证手续。签证的人排起了长队，排在吴孟超前面的是一个白人。半个多小时后，轮到了吴孟超前面的白人。吴孟超看到他潇洒地写下了自己的名字。

一名法国警察用英文喊道:"下一位。"

吴孟超走过去,自然而然地拿起白人用过的笔也准备在登记表上签字。

笔还未落下,法国警察突然拦住了他。吴孟超感到莫名其妙。

法国警察用非常傲慢的口气说:"你是黄种人,不能签字,只能按手印!"

"为什么他们能签字,我就不能签?"吴孟超疑惑不解地问。

"你们是黄种人,'东亚病夫',所以不能签字。"那名法国警察回答道。

吴孟超的血液一下子涌上心头,他挥起拳头重击在桌子上。他坚决地说:"我不按手印,我会英文和中文,我会写自己的名字,我就要签字。"

"会写也要按手印。"法国警察想不到眼前这个个子不高的年轻人那么有志气,他轻蔑地望着吴孟超。忽然,法国警察把吴孟超手里的笔抢了过去,坚决不让他和他的同学们签字。

吴孟超胸中的怒火像被浇上了汽油,越烧越旺,越烧越猛烈。他站在对方面前和他对峙,两只拳头攥出了汗水。同学们看到眼前的情形，都赶紧过来和法国警察理论。

时间一分一秒过去了，后面排队的人开始催促。同行的同学说："孟超，我们这样耗着也不是办法，不如先按了吧。再说，开往昆明的火车票已经买好了，耽误了可不行啊。"

吴孟超也想早日回到祖国的怀抱，他心想同学说的也有道理，于是咬着牙屈辱地按下了手印。按手印时，他的手指在颤抖，身体在颤抖，心也在颤抖。

这枚刺眼的手印，对吴孟超来说是他耻辱的印证，更是一个民族耻辱的印证。

在开往云南昆明的火车上，吴孟超一直闷闷不乐。他心里五味杂陈、痛苦不堪。同学们问他是不是还在为按手印的事生气。吴孟超望着窗外，对他们说："我强烈地意识到，国家贫弱，我们只能受人欺负，受人羞辱，任人宰割，我们一定要改变这种局面。"

大家都点头同意吴孟超的观点，都说这次回国参加抗战的决定是正确的。他们再次把手紧紧地握在了一起。

国弱受欺的强烈屈辱，深深刻在了吴孟超的心里。这次经历也让他一夜之间长大了许多。

吴孟超救国的心愿越发强烈，他暗暗告诫自己：总有一天，要让西方列强认识真正的黄种人！以后一定要通过自己的努力把这个耻辱的印记擦得干干净净。以后再从这里经过，坚决不会再按手印，也不会让自己的同胞再按手印。

吴孟超和同学们在火车上睡地板，好多天也没有睡个安稳觉，没有吃顿像样的饭。但是这些苦难在他们看来根本不算什么，祖国的苦难才是他们心中最大的苦难。

经过一个多月漫长的旅程，吴孟超和同学们终于回到了祖国的怀抱。虽然离开祖国时不过是懵懵懂懂的五岁儿童，但他此时备感亲切，因为心底时刻装着祖国。

只有读书才能救国

由于旅途疲惫,到达昆明后,大家找了个小旅馆躺下就进入了梦乡。第二天早晨,大家一觉醒来时,阳光已经透过窗户照进来。这时候,有个同学忽然大叫起来:"哎呀,我们的行李呢?"

大家赶紧从床上爬起来,一看,东西果然全都不见了。根据现场翻动的痕迹,可以断定昨晚发生了盗窃事件。

刚回到祖国就遇到这样糟心的事情,大家都很气愤和无奈。

"盗窃事件"让吴孟超意识到原来这就是祖国的现状,四分五裂且贫穷的中国并不像自己之前想象的那么好,但再不好也是我们自己的国家。"现在是国家最困难的时候,我们可不能当逃兵。"吴孟超坚定地说。

可是,由于战争封锁,吴孟超和同学们无法前往延安,他们只能等待。一天天过去了,去往前线参战似乎成了一件遥不可及的事情。吴孟超觉得这样一直等下去也不是办法,应该另寻一条出路。

那时候,由于战事原因,很多大学纷纷迁往昆明,其中包括同济大学。一天,吴孟超在昆明遇到了一位光华学校的校友,校友正在同济大学理学院读书。校友说:"依目前国内这种形势来看,去前线参加抗战不太现实,不过,你可以通过读书曲线救国。"

吴孟超觉得很有道理。既然不能上前线,就靠读书救国。

当时,昆明有两所中学:云南大学附中和同济大学附中。国内的高中对吴孟超来说是亲切的,它们完全不同于南洋的那些洋人创办的高中。

这年,吴孟超同时报考了云南大学附中和同济大学附中。最终,他被云南大学附中录取。可这个结果并没有让吴孟超感到兴奋,因为他更向往的是同济大学附中。

原来，吴孟超刚到昆明时染上了严重的痢疾，一直腹泻不止。同学带他去了同济大学附属医院就医治疗，同济医生们的高超医术让他很快康复，同济大学给他留下了极其深刻的好印象。

吴孟超非同济大学附中不读，于是他便想办法找校长说情。

校长听说吴孟超是从南洋回国抗日的爱国华侨，被深深打动了，答应他以借读生的名义来同济大学附中读书。

一九四〇年夏天，吴孟超如愿进入梦寐以求的同济大学附中读书。他十分珍惜来之不易的学习机会，每天第一个到达教室，最后一个离开。几个月后，因为吴孟超期终考试成绩异常优秀，校长便让他由借读生转为正式学生。

"你很优秀，希望你以后更加努力。"校长说。

吴孟超听到后别提有多高兴了。他向校长保证，以后会加倍努力，更上一层楼。

吴孟超在同济大学附中读书的第二年，太平洋战争爆发。战火迅速蔓延到了东南亚。吴孟超与远在马来西亚的父母也中断了联系。没有了经济来源，吴孟超就自己想办法解决。他变卖衣服或者通过做家教、去街头卖报、帮助人家誊抄资料赚钱以维持生活和学业。那段日子再苦再难熬，他都坚持了下来，从来没有抱怨过、放弃过，因为他心里装着希望和梦想。

后来，日本战机每天对昆明进行轰炸，学生们冒着生命危险在轰隆轰隆的战火中上课，每天都惴惴不安。有一次，吴孟超正在教室里自习，尖锐刺耳的警报声又响了起来。吴孟超和同学们连忙冲出教室，躲在一个先前被炮弹炸出的弹坑里。吴孟超突然对同学们说了一句："这个坑不安全，我们换一个坑躲避吧。"于是大家赶紧转移到另一个弹坑里。他们刚跳进去，一枚炮弹就落在了先前那个弹坑里。大家幸运地躲过了一劫。

每天在这样动荡不安的环境中学习也不是办法。此前为了躲避战火，同济大学已被迫搬迁到四川省宜宾县一个叫李庄的地方。高二那年暑假，同济大学附中也不得不搬迁到李庄。

一九四三年，吴孟超即将高中毕业，同学们都谈论起要报考的大学及专业。班上有一位叫吴佩煜的女同学和吴孟超关系很好。吴佩煜问吴孟超想报考什么专业。吴孟超小时候就很喜欢工艺课，平时喜欢编篮子、做雕刻之类的手工，他告诉吴佩煜自己喜欢工科，所以想报考工学院。

吴佩煜听了吴孟超的想法，说："我准备报考医学，以后成为一名白衣天使。我建议你和我一样，也报考医学。"

"为什么要报考医学呢？"吴孟超问。

"学医以后不用求人呀。再说，医学对全人类都有卓越的贡献。"吴佩煜回答说。

吴孟超仔细琢磨吴佩煜说的话，是啊，自己家境贫寒，又没有社会背景，只能靠自己打拼。吴孟超还觉得，中国人被西方列强称作"东亚病夫"，医生可以帮助中国同胞拥有健康的体魄，是很了不起的职业啊。最终，吴孟超听从了吴佩煜的建议，报考了医学专业。

这个决定改变了吴孟超的一生。后来，吴佩煜成了吴孟超携手一生的伴侣。

勇闯"三关"

吴孟超和吴佩煜顺利考上了同济大学医学院。初入学时，吴孟超非常兴奋。然而，过了一段时间后，他发现学医学并非他想象的那么简单。要想熟练掌握医学这门谋生的本领，成为一名出色的医生，必须学好三门课程：生理学、解剖学和生化学。

学生对这三门课程掌握的熟练程度，直接关系到以后的医术水平和求职方向。按照学校的规定和要求，如果通不过这三门考试就要留级。所以，通过这三门课程考试，被学生们形象地称为"闯三关"。

教授生理学的老师是德国生理学家、耶拿大

学教授史图博。生于一八八五年的他与中国渊源深厚。他曾于一九二四年应邀到上海同济大学任生理学教授、生理学馆主任，并于一九三一年、一九三二年两度前往海南岛西南部和中部山区黎族聚居地做实地田野调查。

在同济大学医学院的老师当中，史图博可以说是个"怪人"，他热爱中国文化，常年穿着中式长衫和中式布鞋，同时，他教的又是极其深奥的西方现代医学知识。最令人印象深刻的是他独特的教学方式——用德语进行口授。他要求学生们多动口练习。所以，一到生理课考试，大家都头疼不已。吴孟超清楚地记得，有一次考试，全班一百二十人，竟然有一百人不及格。

令学生们头疼的除了生理学还有解剖学。解剖就是要全方位了解人体的基本结构。教解剖课的方召教授是一位非常严厉的老师。他告诉学生："光死学理论不行，还要在解剖理论课后进行深入的实践。"

当时吴孟超就读的医学院被临时安置在一个叫祖师殿的旧庙里。古色古香的祖师殿修建于清代，里面供奉的是玄武祖师。住在附近的老百姓经常看到有人体标本被搬进祖师殿。那时候老百姓对于医学解剖不是太了解，对于进进出出的人体标本感到好奇又害怕：这些医学院的师生把人体抬进祖师殿做什么呢？

一天，一名在祖师殿修理房顶的工人不小心看到了医学院的师生正在解剖人体标本。他吓了一跳！

从那以后，有关医学院师生的谣言四处传播，搞得人心惶惶，老百姓都不敢接近医学院的师生们，甚至都不愿把柴米油盐等生活用品卖给他们。

怎样才能彻底打消老百姓心中的疑虑呢？经过一番思考研究，同济大学医学院决定举办一次科普展。

不久，丰富多彩的科普展开展了，李庄的百姓们蜂拥而至。在科普展上，医学院的师生耐心地给老百姓解释人体的构造，讲解人体各个部位的功能。老百姓终于明白了：哦，原来人身体里面是这么回事呀。

科学打败了迷信，误会得以消除，吴孟超和同学们终于又可以站在解剖台前了。

吴孟超永远记得第一次解剖时的情形。虽然心里充满了恐惧，但为了考个好成绩，闯过"三关"，硬着头皮也要上。尤其是考试之前那段时间，晚上还要点上煤油灯加班解剖。

在李庄读书时期闯"三关"的刻苦学习经历，培养了吴孟超不服输的坚强性格。同济大学老师们的优良作风和治学态度深深触动了吴孟超，也激发着他读书救国的热情。这些对于吴孟超以后成为肝胆医学界领军人物起到了至关重要的作用。

我要当外科医生

吴孟超在同济大学医学院读书的时候，从海外归来了一位外科老师。

这位身穿白大衣、白裤子、白皮鞋，看上去气度不凡、风度翩翩的新老师不仅在医学界引起了轰动，也在一夜之间成了学生们的偶像。大家时不时聚集在一起讨论这位新老师。吴孟超更是对他崇拜得不行，他觉得自己找到了前行的方向和榜样。

这位新老师就是"中国外科之父"裘法祖教授。

裘法祖一九一四年出生在浙江省杭州市一个书香世家，十八岁考入同济大学医学院预科班学习德语。他是著名医学家、中国现代普通外科的主要开拓者、肝胆外科和器官移植外科的主要创始人和奠基人之一，是中国科学院资深院士。其刀法以精准见长，被医学界称为"裘氏刀法"。

裘法祖给学生们讲课不用教案，却讲得条理清晰，学生们一听就明白。吴孟超不舍得浪费一分一秒，抓住机会跟着裘法祖学本领。在裘法祖的栽培下，吴孟超的成绩突飞猛进。

一九四九年，吴孟超即将大学毕业。令吴孟超无奈的是，他学得最认真、最用功的外科的成绩并不好，只考了六十五分，而小儿科的成绩是九十五分，全班第一。按当时学校的惯例，哪科成绩考得好就到相应的科去工作。

吴孟超的分配通知单上清清楚楚地写着：儿科。这张承载他所有希望的分配通知单怎么也让他高兴不起来。他心心念念的是外科啊，让自己去儿科，他心里有一万个不同意。

吴孟超不甘心，拿着通知书气呼呼地去找负责分配的老师。一踏进办公室，吴孟超就问："老师，为什么把我分配到儿科？我想去外科啊！"

老师打量了一下吴孟超，淡淡地说："你看你的个子不高,能做外科医生吗?"

吴孟超听到老师这么一说,顿时气得发抖。

那位老师又接着说:"话说回来,你的外科考试成绩也达不到外科的要求呀。"

年轻气盛的吴孟超虽然心里不服气,但转念一想,老师话糙理不糙,自己外科成绩也不突出,这能怪谁呢?

吴孟超满肚子委屈,却不知该怎么说出来。他飞一般地冲出了办公室,望着天空高声喊道:"我就是要做外科医生。"

天无绝人之路。那年八月,吴孟超得知华东军区人民医学院附属医院,也就是后来的上海长海医院,在社会上公开招聘医生。他抱着试试看的心态前去应聘。吴孟超的热情和自信深深打动了主考官郑宝琦教授。他如愿成了一名外科医生。

后来,对吴孟超有了全面了解后,郑宝琦发现自己当年"选才"的眼光是对的:吴孟超身上有一股年轻人永不服输的冲劲,一股让人对他刮目相看的韧劲,一股初生牛犊不怕虎的闯劲。这正是一个优秀的外科医生应该具备的素质。

一九五四年，在吴孟超参加工作的第五年，医院聘请裘法祖做兼职教授。吴孟超再次有机会跟在医学泰斗级人物裘法祖身边学习，他兴奋得不得了。吴孟超从查房、检查病人到科研、开刀，与裘法祖形影不离。裘法祖的一举一动，他都认认真真地记下来。在吴孟超的眼里，裘法祖对学生要求严格，但他对待病人却非常认真细致、耐心负责。吴孟超曾亲眼看到裘法祖趴在一名男性患者病床边观察患者的小便剂量。恩师这种严谨治学的态度深深影响了他。

有一次，裘法祖问吴孟超为什么学医。

吴孟超说："学医可以救人，可以增强国人体质，不再被人嘲笑是'东亚病夫'。"

裘法祖听后欣慰地笑了。他想不到这位个子矮小的青年志气却不小。

后来，在裘法祖教授的指点下，吴孟超把前进的方向锁定在当时国内空白的肝脏外科。

卧薪尝胆，勇闯禁区

众所周知，在医学界，裘法祖的"裘氏刀法"以精准见长，手术时不会多开一刀，也不会少缝一针，最大程度减少了手术对病人的创伤。几年下来，吴孟超学到了恩师的医术精髓。

一九五六年，吴孟超转为主治医生，要开始独立工作了，但他对自己今后发展道路的选择感到有点迷茫。于是，他去征询裘法祖的意见。

当时，肝脏手术被称为"生命的禁区"，手术的成功率几乎为零。中国的肝胆外科处于"三无"状态：没有教科书，没有肝脏解剖理论，没有成功的肝癌手术先例。偏偏中国还是一个肝癌大国，发病率占世界的一半。裘法祖对年轻的吴孟超说：

"我国是一个肝病大国，但肝胆外科领域还是一片空白，发展比较薄弱，还有很多问题需要解决，你可以朝这个方向发展。"

吴孟超听裘法祖这么一说，兴奋地说："好，我以后就往肝胆外科方向走。"

吴孟超暗下决心把中国"肝癌大国"的帽子摘掉。他知道要想成功，必须得有大量的理论知识做支撑，做指导。于是，他决定先从理论方面着手。

可是，说起来简单做起来难。那时候的中国肝胆外科如一片人迹罕至的荒漠，没有任何现成的和肝病有关的资料可供他学习研究。但这点困难并没有吓倒性格坚忍、永不服输的吴孟超。那些日子，他寻遍了上海所有的图书馆，找遍了所有带"肝"字的图书。

功夫不负有心人，吴孟超终于在一家图书馆发现了一本英文版的《肝脏外科入门》。他如获至宝，开心了很久。裘法祖建议吴孟超尽快翻译这部著作，这能帮助中国外科学界了解肝脏外科。

为了能尽快把这本书翻译成中文，吴孟超邀请英文基础较好的同事方之扬帮忙，共同完成翻译工作。

由于对肝脏解剖和病理学知识掌握得少,一开始两人翻译得非常吃力,像爬行的蜗牛一般进展得很缓慢。但他们知道这是通往成功的唯一道路,绝对不能停下来。白天忙于工作,没时间翻译,他们就晚上逐字逐句地翻译。

那些日子,吴孟超一有空就琢磨《肝脏外科入门》。夜深人静的时候,他经常坐在桌子前研读、翻译。

由于长时间辛苦劳作,吴孟超突然患上了严重的细菌性痢疾,不得不被送进传染科病房。持续的高烧和剧烈的腹泻把吴孟超折腾得日渐消瘦,可他并没有因此停下来休息,病情稍微有了好转,他便边输液边翻译。

经过一个多月的艰苦努力,翻译《肝脏外科入门》这块硬骨头终于被吴孟超和方之扬啃了下来。

一九五八年,二十余万字的中文版《肝脏外科入门》正式出版发行。这是我国肝脏外科方面的第一部医学译著,它不仅为吴孟超真正跨入肝脏外科领域奠定了坚实的理论基础,也为中国肝脏外科的飞速发展铺下了基石。这本珍贵的图书一直被裘法祖珍藏着,在吴孟超八十岁生日那天,裘法祖还把它当作一份特别的礼物送给了吴孟超。吴孟超一直珍藏着这份意义非凡的礼物。

没多久,医院收治了一名肝癌患者,并特请一位权威医生主刀。吴孟超作为助手参与了这场手术,这也是他参与的第一台手术。手术过程持续了五个多小时。可是,由于肝脏不断渗血,两天后病人不幸去世。

这次失败的手术在吴孟超的心里留下了深刻的烙印。

就在同一年,日本一个医学代表团来医院访问,其中一个专家看到当时中国的医疗状况,说:"你们中国的肝脏外科要达到日本的水平,至少要二三十年。"

这句话深深刺痛了吴孟超。那晚,他躺在床上辗转难眠,奋笔挥写了"卧薪尝胆,勇闯禁区"八个大字。正是这八个大字激励着吴孟超在肝胆外科这条路上一直披荆斩棘、勇往直前。

同时,他也给医院的领导写了一份报告,请求成立肝胆研究小组，一定要尽快让中国肝胆外科走在世界前列。

一九五八年十月，在医院党委的支持下，吴孟超的愿望初步实现。医院决定他和另外两位军医张晓华、胡宏楷组成"三人小组"，开始往肝胆外科的高峰进发。

在那个艰苦的岁月里，什么研究资料都没有，什么设备仪器都没有，三个年轻人只能挤在一间窝棚里从零开始探索研究。

乒乓球与标本实验

在二十世纪五十年代的中国医学界,肝脏手术被称为"生命的禁区"。肝脏是人体最重要的器官之一,肝脏里面的血管达数千条之多,密密麻麻、纵横交错,如蜘蛛网一般。而人们对肝脏内部血管的结构和走向了解得少之又少。那时候,胆子再大的医生也不敢对肝脏动手术,因为肝脏手术过程中存在大出血的风险,手术成功的概率非常小。

"肝脏里的血管就像上海这座大城市的马路那么多,如果没有地图,你找个地方都找不到。所以首先要通过解剖来熟悉肝脏血管的来龙去脉。"吴孟超说。

吴孟超心里明白,要想解决肝脏手术难题,首先要了解清楚肝脏血管的结构和走向，肝脏血管标本的制作成了重中之重的任务。

因为没有先例可以借鉴，一开始，吴孟超并不知道从何处入手。通过阅读大量的资料并认真思考研究，他渐渐找到了方向。吴孟超设想，需要找到一种可以凝固的液体灌注到血管里，再把肝脏组织腐蚀掉，让血管一根根呈现出来。

一九五八年，"三人小组"开始制作肝脏血管标本。他们先去化工厂找来了很多废旧塑料，溶解后加上颜色灌注到肝脏血管里面。等标本成型后再放进一种酸性溶液里，把肝脏的外部组织腐蚀掉。吴孟超满怀信心地等着实验结果。可令他想不到的是，灌注的塑料管道连同肝脏组织一道被腐蚀了。

实验结果出乎意料，吴孟超有点失望。可是，他并没有放弃。

"三人小组"先后用了二十多种灌注材料，做了一百多次实验，却都以失败告终。吴孟超和两个同事互相鼓励，互相打气。他们始终相信"失败是成功之母"。

那段时间，吴孟超躲在极其简陋的实验室里一直在思考：实验为什么会失败？难道制作肝脏血管标本是个根本不可能完成的任务吗？不可能，肯定会有办法，只是我还没有找到那种方法。

吴孟超没有被困难吓倒，他相信只要自己不放弃，实验就一定会取得成功。

一九五九年四月的一天下午，吴孟超在广播里听到了这样一则消息：四月五日，中国乒乓球运动员容国团获得了第二十五届世界乒乓球锦标赛男子单打冠军……

当天晚上，吴孟超做了一个奇怪的梦。梦里，他躺在一个巨大的游泳池里，身边到处漂浮着各种颜色的乒乓球。这个梦境似乎在提醒吴孟超，乒乓球材料也许可以做肝脏血管标本的灌注材料。吴孟超心头一动，立马惊醒了。

第二天，兴奋不已的吴孟超赶紧把这个想法告诉了两个同事。制造乒乓球的材料叫"赛璐珞"，赛璐珞具有很高的强度，且具有防水、耐油、耐酸的特性。全面了解过赛璐珞这种材料的耐酸特性后，同事们似乎看到了新的希望。他们都说这个主意不错，可以尝试一下。于是吴孟超和同事当晚便去商店里买来几个乒乓球剪碎，放入酸性溶液里溶化。

第二天一大早，吴孟超迫不及待地赶到实验室，他发现溶液成了胶状物，定型效果比之前的实验都要好，的确是理想的灌注材料。吴孟超兴奋不已，他觉得这是一个具有重大意义的发现，找到灌注材料是迈向成功的第一步，也是关键的一步。

吴孟超赶紧去乒乓球厂弄来一些赛璐珞，并调入四种不同的颜色，然后分别注入肝动脉、肝静脉、门静脉和胆管。经过多次紧张忙碌的工作，最终，他们得到了一个如珊瑚一般色彩斑斓的肝脏血管标本。标本里不同血管通过不同的颜色进行了区分，让人一目了然。望着这个凝聚着他们血汗的艺术品，吴孟超泪眼婆娑，心里有种说不出的激动和骄傲。

肝脏血管标本实验成功了，那段时间吴孟超每天都兴奋得难以入眠。成功带来的喜悦把他过去所有失败的苦恼冲刷得一干二净。也许只有他知道这个标本凝聚着他们多少心血和汗水，也只有他知道标本的成功制作对中国肝胆医学意味着什么。这是

乒乓球与标本实验 53

他在肝胆医学这块荒漠里用汗水和泪水浇灌出的第一朵漂亮的花朵。这朵正在慢慢绽放的花朵在不久的将来定会结出硕果。

　　截至一九五九年底,"三人小组"共制作了一百零八个肝脏血管标本。这在肝脏医学界是一个十分了不起的创举,也是了不起的挑战和奇迹。通过制作标本,吴孟超对肝脏内部构造及各条血管的走向了如指掌,这为他日后进行肝脏手术奠定了坚实的理论基础。

领跑世界的医学理论

　　两年时间，经过对近两百例肝脏标本的观察、研究，吴孟超发现以前人们习惯性地把肝脏分成左、右两叶的说法不全面，过于表面化。

　　那么，应该怎样划分呢？

　　在吴孟超看来，根据中国人肝脏解剖数据及其规律，正常人的肝脏解剖按内部血管走向应该分成"左外、左内、右前、右后和尾状"五个叶，左外叶和右后叶又各分两段，共四段。他把这个理论称为"五叶四段"。

　　吴孟超在一九六〇年六月举行的第七届全国外科学术会议上正式提出了这个理论，引起了极大的反响。大家都觉得讲台上这个身穿军装、名不见经传的年轻小伙提出的理论很新颖独特。

国内一流专家对吴孟超提出的理论非常重视。

可是,"五叶四段"解剖理论并没有经过临床手术验证它的安全性和可靠性。

一九六〇年,医院收治了一位患肝癌的中年女性。病人的右肝叶上长了一个恶性肿瘤,需要进行切除手术。

医院对这次手术非常重视,特意组织了强大的手术阵容,连医疗器械都是国际最先进的。这次手术安排时任外科主任徐化民教授主刀,吴孟超为其助手。

吴孟超知道这次手术对医院的重要性,于是当天很早就到了医院做准备。

上午九点,手术开始。

徐化民站在主刀的位置,吴孟超站在助手的位置。可是,就在手术开始前的最后一刻,徐化民突然把手术刀递给了吴孟超。

正当大家疑惑之际,徐化民挥着手向吴孟超一比画,大家顿时反应过来——他是让助手吴孟超操刀。

吴孟超一开始不知所措，两年前手术失败的阴影还笼罩着他，那台手术的过程还历历在目。

可他从主任的眼神里领悟到这是对自己的信任与肯定。吴孟超从徐化民手里接过手术刀，并迅速互换了位置。

事到临头，吴孟超忽然觉得，这其实并没有什么好怕的，只是一次平常的手术而已。他自如地握住了手术刀，以前学习的所有知识在这一刻都一股脑儿浮现在了脑海里。他告诉自己一定要让这次手术成功，没有任何退路。

吴孟超的手术刀在患者的腹腔里不停地游走。他有条不紊地仔细操作着每个步骤。经过三个小时，手术顺利结束。

吴孟超激动地看了一眼徐化民，徐化民向他竖起了大拇指。

术后，吴孟超日夜守候在病人身旁。

一天，两天，三天……一个星期后病人顺利度过了危险期，身体各项指标都很正常。二十多天后，病人康复出院，重回了工作岗位。

这是医院成立以来第一例成功的肝癌切除手

术，也成为我国肝胆外科史上一个划时代的转折点。

吴孟超创建的"五叶四段"解剖理论直到今天仍是经典，指导着世界上数量最多的肝脏手术。

成功完成第一例亲自主刀的肝癌手术后，吴孟超发现，以往肝脏止血的方法存在很大的安全隐患。为了延长阻断血液的时间，患者要在全身麻醉后被浸泡在冰水里做手术。这种做法常常让病人备受折磨，非常痛苦。

但怎样既能保障手术时间，又不会引发肝脏缺血性坏死呢？为此，吴孟超探索了很多种办法都没成功。

有一次，吴孟超在水龙头旁洗手时获得了灵感。打开水龙头，水就哗哗流个不停，关上水龙头，水就停止了流淌。如果手术时像水龙头一样关上肝脏血管，过一会儿再放松，每次二十分钟左右，如此反复不就行了吗？想到这里，吴孟超兴奋不已。

为了验证这一理论，吴孟超和同事们特地做了动物试验。整个试验过程总时长加起来一个小时，动物的肝脏还是完好如初。

吴孟超把这种方法称为"常温下间歇性肝门阻断切肝法"。经过多次临床试验发现,这是手术中最安全、最易操作的肝脏止血方法,不会引发并发症。这一技术直到今天都在被各大医院应用。

如果说肝脏是外科手术的"禁区",那么处于肝脏重要位置的中肝叶就是"禁区中的禁区"。中肝叶被丰富的大血管包围,且手术后所产生的肝创面很难缝合和恢复。那时候,世界上还没有人对中肝叶区域做过成功的手术。

尝到成功的甜头的吴孟超决定向"禁区中的禁区"进军。

一九六三年,春节假期还没结束,吴孟超抱着被子就躲进了实验室。在实验室里,吴孟超一待就是两个多月。吃住都在实验室的日子很苦,吴孟超却不怕。第一次实验失败了,第二次实验失败了,第三次实验失败了……

两个月里,只有他自己知道碰了多少壁,吃了多少苦。

这年夏天,吴孟超接诊了一名中肝叶发生癌变的患者，他为病人成功切下了肿瘤。这是世界上第一例完整的中肝叶切除手术，这例手术解决了世界肝脏外科史上的重大难题。

后来，他又陆续做了三例中肝叶切除手术，而且全部成功。吴孟超让中国肝胆外科一下子达到了国际先进水平。打破那位日本专家的断言，吴孟超只用了短短的五年时间。

三十六斤重的巨大肿瘤

一九七五年一月三日早晨,吴孟超刚到会诊室,一名男子就被人搀扶着闯了进来。进来的两个人脸上挂满了疲惫、忧愁、痛苦和绝望。

虽然男子穿着厚厚的棉衣,行医经验丰富的吴孟超还是一眼就看出了他的反常——这位病人的肚子大得离谱,看上去像怀胎十月的孕妇。

还未等吴孟超说话,男子立刻哀求道:"您是吴孟超大夫吧?救救我吧!救救我吧!"

陪同的人也急切地说:"我们去了很多家医院,都说没有办法救治了,听说吴大夫是神医,一定会有办法,救救我们吧!"

吴孟超赶紧招呼病人坐下,仔细询问情况。

病人介绍自己叫陆本海，家在安徽舒城县。多年前，他的肚子里长了一个拳头大小的肿块，当地医院的医生检查了一番，怀疑是肝癌晚期，治不好了，让陆本海别折腾了。陆本海和家人没有放弃，又去了另一家医院检查。一位大夫为他做了穿刺，结果出血不止，大夫立即停止穿刺，最后用了很多办法才把血止住，并小心地缝合了伤口。

两年过去了，陆本海肚子里的肿瘤越长越大，成了现在这个样子。每次走在路上，"孕妇"似的陆本海总被人嘲笑，他深感苦恼。

吴孟超听后先是安慰陆本海，让他不要害怕，放松心情。仔细检查后，吴孟超发现，他圆鼓鼓的肚子很硬，敲起来会发出梆梆的声响。

经过进一步的体检诊断发现，陆本海肚子里的肿瘤为巨大肝海绵状血管瘤，直径有六十三厘米，并且肿瘤的上端已顶入胸腔，下端已侵入盆腔。

吴孟超吓了一跳，这是目前为止他见过的最大肿瘤。要知道，在当时的国际领域，同类肿瘤直径达到五厘米即被定义为"巨大肿瘤"。这么大的肿瘤里充满了血液，手术过程中非常容易破裂，一旦出现破裂，后果不堪设想。

吴孟超查阅了大量的文献资料得知，像陆本海这样大的肝脏肿瘤在国际上实属罕见，并且也没有手术成功的案例。

吴孟超意识到了问题的严重性，他立马召集专家开会研究。经过商讨，多位专家的意见很一致：这个手术不能做，风险实在太大。

"孟超，万一做不成功，你名声不保啊。"

可是，吴孟超却不忍心这样做，他并没有退缩。他清楚地记得陆本海初到他会诊室时的复杂表情。他也知道若不是走投无路，病人绝对不会千里迢迢来找他。这是病人对自己的信任，自己于情于理都不能让病人和家属失望。于是，他决定要给陆本海留下一丝希望。

"对于高风险病患者，如果连医生都不敢承担，那他们就真的只剩下死路一条了。"吴孟超说。

吴孟超征求了陆本海和其家属的意见，他们都决定搏一次。于是，吴孟超专门为这次手术制定了极其详细的方案。

一切准备就绪后，二月八日早晨八点，吴孟超带着由四十多人组成的小组开始了手术。

由于没有先例可以借鉴,吴孟超和团队只能摸索着前行。手术中,吴孟超先在病人腹部切开了一个小切口,经过初步探查后,再慢慢扩大切口。在吴孟超看来,这样谨慎保守的手术方法相对比较安全。

当切口完全切开后,吴孟超终于见到了那个紫色的巨大肿瘤。这个肿瘤就像一个吸血恶魔,潜伏在陆本海的肚子里,伺机将他的生命吞噬。

吴孟超把手指伸进去,凭着多年的经验寻找可以下刀切除肿瘤的地方。

时间一分一秒地过去了,大家有条不紊地进行手术。

中午,吴孟超和助手们没吃一口饭,没喝一口水。有助手实在坚持不住,便轮换着休息。助手们关心地问吴孟超渴不渴,饿不饿,累不累。

吴孟超轻轻摇摇头说:"不渴,不饿,不累。"

其实,全神贯注地坚守在手术台上的吴孟超何尝不饿,他饿得肚子咕咕叫个不停啊。他是怕耽误手术,才不敢停下来啊。

下午四点，由于手术时间过长，患者的血压突然降低，心跳骤减，好在吴孟超及时采取了应对措施，化险为夷。

吴孟超一点儿一点儿小心地分离着肿瘤。一毫米，两毫米，三毫米……

晚上八点，手术持续了整整十二个小时后，这个重达十八千克的肿瘤被完全切除了。经过测量，从陆本海体内切除的肿瘤体积为63厘米×48.5厘米×40厘米，是迄今为止国内外所报道的被切除的最大的肝海绵状血管瘤。手术室里的人望着这个巨大的肿瘤，都惊掉了下巴。

此时，吴孟超身边的年轻助手们都已经累得虚脱，甚至连抱起巨大的肿瘤的力气都没有了，而吴孟超却依然精神抖擞。

手术当晚，吴孟超对陆本海的病情还是不放心，于是他特地把被子带到病房，睡在陆本海旁边。

吴孟超的这次手术被国内外医学界称为又一个医学奇迹。直到现今，这台手术仍是世界纪录之一。

手术十一天后，陆本海可以下床活动，出院回家后可以安然无恙地做农活儿。手术成功以后的三十多年，陆本海一直过着和正常人一样的生活，仿佛没有生过病一般。陆本海是个懂得感恩的人，每年春夏季节他都会给吴孟超带去一些自家种的瓜果蔬菜，以这种最朴实、最真诚的方式，报答吴孟超的救命之恩。陆本海动情地说："吴大夫把我的手术做成功了，是他救了我一命！"

吴孟超一直和陆本海保持着密切联系，时刻关注他的健康状况，关心他的生活，两人结下了深厚的医患友情，这也成了医学界的一段佳话。

一场震惊中外的手术

一九八三年春天,一对来自浙江省舟山市的渔民夫妇抱着一个女婴找到了吴孟超。

他们告诉吴孟超,孩子叫朱科娜,刚出生六个月,患上了严重的肝病。

在此之前,他们带着孩子去过几家医院检查。医生检查后说,孩子肝脏长了一个恶性肿瘤,这么小的孩子患上这种病确实很罕见,根据目前的医疗水平很难医治。再说,医疗费用十分高昂,一般人家难以承受。甚至还有些医生建议他们趁着年轻,赶紧再生一个。

小科娜的父母非常绝望,每天以泪洗面。但爱女心切的他们并没有放弃,而是四处打听可以治疗这种罕见肝病的医院。后来，他们听人说上海有一个叫吴孟超的"神医"治愈过很多肝脏疑难杂症，于是就找他来了。

吴孟超听后不停地安慰孩子父母，让他们先不要着急，不要担心。

吴孟超给小科娜做了初步检查，发现她的右上腹隆起得吓人，一看就知道肝部发生了严重病变。

做完全面的检查之后，吴孟超很快断定她得的是"肝母细胞瘤"。在国际上，这是一种非常罕见的恶性小儿胚胎性肿瘤。

第一次遇到这么小的肝病患者，吴孟超心情也很复杂。

该怎么办？如果进行手术切除，孩子的年龄太小，体质较弱，细小的血管很难经受这么大的手术。这也是很多家医院不敢接诊治疗的原因。

巨大的考验又一次摆在吴孟超面前，放弃还是冒险手术？

吴孟超望着可爱又可怜的小科娜和她父母的愁苦面容，决定为小科娜做手术。小科娜的父母一下子跪在了吴孟超跟前,哽咽得说不出话来。他们被拒多次后,希望之灯又重新被点燃了。

术前,吴孟超暗暗告诉自己,这次手术只准成功,不准失败。为此,他和同事们一起制定了详细而周密的手术方案,并请来多位儿科专家助阵。

手术开始了,大家忙碌而有序。在吴孟超的带领下,大家都在为创造一个新的世界纪录而奋战。经过五个多小时的紧张手术,吴孟超有惊无险地从小科娜的肝脏上切下了大肿瘤。他瘫坐在椅子上,松了一口气。

望着眼前的罕见大肿瘤,参与手术的医生们都吃惊不已。

吴孟超让助手称了一下肿瘤,竟然重达六百多克,体积比小科娜的脑袋还要大。

吴孟超对术后的小科娜不放心,就住进了重症监护室守护着她,密切观察她的变化。

让吴孟超备感欣慰的是,小科娜恢复得非常好。

小科娜从死亡线上被拉了回来,她的父母脸上露出了久违的笑容。吴孟超和参与手术的医生脸上也露出了欣慰的笑容。

十天后,小科娜的父母兴高采烈地带着小科娜出了院。出院时,他们再次拉住吴孟超潸然泪下,激动不已。

这台手术在国际上引起了巨大轰动。术后第二天,美联社就刊发了文章,报道中国成功实施了第一例婴儿巨大肝脏肿瘤的切除手术。此后的多年里,吴孟超又为数十名婴儿成功切除了肝脏肿瘤。

朱科娜长大后,父母告诉她是吴孟超爷爷救了她一命,吴爷爷是朱家的恩人,永远不要忘记。朱科娜懂事地说:"我将来也要成为一个像吴孟超爷爷那样的医生。"

初中毕业后,朱科娜成了当地一所卫校护理专业的学生。卫校毕业后,朱科娜找到吴孟超,说:"吴爷爷,我叫朱科娜,我来加入你们啦。"

吴孟超眼前又浮现出许多年前为她做手术的惊险画面。吴孟超开心地收下了她。从此,朱科娜成了一名白衣天使。

朱科娜动情地说:"我虽然没能成为吴爷爷那

样有巨大作为的医生,但作为一名普普通通的白衣天使,也可以为病人送去呵护和温暖,传承吴爷爷的大爱精神。"

旧金山刮起了"吴旋风"

一九七九年九月,第二十八届国际外科学术会议在美国旧金山举行,来自全球六十多个国家的两千多位著名外科专家参会。

中国也应邀出席这次重要的国际会议。收到大会的邀请,吴孟超兴奋了很久。一同前往大会的还有吴阶平、陈中伟和杨东岳三位专家。他们四人分别代表着中国肝胆外科、泌尿外科、断指再植、手外科等方面的最高学术水平。

在去往旧金山之前,吴孟超有点底气不足。他心里清楚,这次参会的都是世界各国最顶尖的外科专家,中国此时的水平能比得过人家吗?这是个未知数啊。

他深知自己此行代表中国肝胆外科，如果表现不好会给中国医学界抹黑，让人家笑话。吴孟超决定尽自己最大努力做最充分的准备。因为世界性大会要讲英文，吴孟超怕自己的语言不过关，就恶补了三个月英语。他每天拿着资料背单词，查词典，就像当年在学校里刻苦攻读时那样，达到了废寝忘食的地步。

到了旧金山，吴孟超才知道会议上宣读论文的肝胆外科专家一共有三位，吴孟超排在最后一个出场。通过出场顺序可知，中国医学水平在西方医学界人士眼里是比较落后的，西方医学才是主流。吴孟超暗暗给自己打气加油，告诉自己一定要表现出中国外科医学应有的水平，让西方同行知道中国已经今非昔比，让他们都摘掉有色眼镜看中国。

大会开始，吴孟超耐心地坐在台下听前面两位外国专家的发言。通过他们的演讲，吴孟超得知，这两位外国专家共做了十八例肝外科手术。吴孟超一颗悬着的心终于落下了，原来，他们的水平也不过如此，远不如中国啊。

终于轮到吴孟超了，他大步流星地走上讲台。

台下的外国人看到登台的是一位个子不高但眼神里充满自信的中国人，纷纷交头接耳、嘀嘀咕咕："吴孟超是谁？从来没听说过啊。他也能参加这个会议？"担任大会执行主席的外籍专家并不看好名不见经传的吴孟超，突然宣布："由于时间原因，原定的十五分钟发言时间将缩短为十分钟……"

吴孟超愣住了。只给十分钟，这怎么办？！按照之前的精心准备，吴孟超的发言报告总结了十八年的手术经验，再加上配合大屏幕幻灯片放映和讲解，最少也要十五分钟才能讲完啊。

危急关头，坐在台下第一排、出国次数较多的吴阶平沉着冷静地示意吴孟超："你对会议主席讲，要求延长五分钟。他们会理解的。"

于是，吴孟超讲明了原因，会议主席最终同意了他的要求。

讲台上的吴孟超用一口流利的英语讲述起自己多年来的研究成果："本文分析一九六〇年一月至一九七七年十二月手术切除治疗原发性肝癌一百八十一例……总手术成功率百分之九十一点二，手术死亡率仅占百分之八点八，手术后五年生存率达百分之十六，有六例已生存十年以上……"

这组数字一经说出，台下立刻骚动起来："一百八十一例肝癌手术，成功率达到百分之九十以上，厉害，真厉害！"

"一百八十一，这是一个非常棒的数字，中国人了不起！"外国专家纷纷竖起大拇指称赞道。

吴孟超的演讲惊艳四座，会场响起了雷鸣般的掌声。大家都觉得中国非常了不起，中国的肝胆外科所取得的成就是他们从来没有想到过的。

会后，国外众多媒体对吴孟超和中国肝胆外科纷纷争相报道，国际肝胆外科医学界刮起了一阵"吴旋风"。更有国外的大学、机构邀请吴孟超去开展学术讲座。

"沉默的中国人，以东方特有的睿智，悄无声息地走入了国际外科手术的领先行列，这令所有曾经忽视了他们的人大大吃了一惊……"

在大会上，吴孟超被增选为国际外科学会会员，这是国际医学界对吴孟超的肯定，更是对中国肝胆外科的肯定，也标志着中国的肝胆外科水平已跻身世界先进行列。

名誉算什么，我不就是一个吴孟超嘛

二〇〇四年，身材窈窕、乐观开朗的湖北女孩王甜甜还在北京外国语大学上学。有段时间，王甜甜突然发现自己的体重莫名其妙地增加，腹部也变得越来越臃肿，穿衣走路都受到了影响，天生爱美的王甜甜为此苦恼不已。

父母带着王甜甜去了医院。检查结果显示，王甜甜的肝脏上长了一个巨大的海绵状血管瘤，并且肿瘤已经发展到了难以切除的地步，要想救命只有一种方法，那就是换肝脏。这个噩耗给了王甜甜一家沉重一击。

王甜甜的父母问医生："换肝脏需要多少钱？"

"大概要三十万元。"医生说。

医生的这句话给了王甜甜父母当头一棒。三十万元，对一个普通家庭来说简直就是一个天文数字啊。一个农家一年的收入是多少？不吃不喝要多少年才存得下三十万元？这简直是要王甜甜父母的命啊。

父母觉得，医院不止这一家，这家医院治不好，也许别的医院能治呢。于是，父亲带着王甜甜又去了几个城市的几家医院，可是，会诊后得到的答复如出一辙——需要换肝脏。

王甜甜彻底绝望了，她甚至有了要放弃的念头。

就在王甜甜绝望之际，有人告诉她，上海有个叫吴孟超的肝脏外科专家医术高超，也许可以治疗她的病。王甜甜先是一阵惊喜，随即又忧心忡忡，吴孟超是肝胆大家，自己又没钱，他会给自己治病吗？父母说试试看吧。王甜甜一家带着最后一丝希望登上了去往上海的火车。

王甜甜和父母终于见到了吴孟超。

吴孟超初步了解了王甜甜的病情。王甜甜哽咽着问吴孟超："爷爷，别人都说我的病治不好了，我打算放弃了……"

"不要信他们的话，你才二十一岁，正是大好青春年华，怎么会治不好呢？你的肿瘤是良性的，相信吴爷爷，吴爷爷有办法。"眼前这位和蔼可亲的老人的这番话又给了王甜甜生的希望。王甜甜脸上浮现出了久违的笑容。

吴孟超通过B超检查发现，王甜甜肝脏里的肿瘤像足球一样大，更为严重的是肿瘤长在血管丰富的中肝叶，严重压迫第一、二、三肝门，如果动手术，很容易造成大出血。吴孟超告诉助手，这台手术有两个困难：一是把巨大的肿瘤切下来，二是切除肿瘤后的止血。

那时候，医术高超、为人和蔼的吴孟超已盛名在外，助手建议吴孟超不要做这台手术。

吴孟超疑惑地问助手为什么不要做。

助手说："这台手术风险大得难以想象，别的医院都不愿意接，如果我们失败了，不就毁了您的名誉吗？"

"名誉？名誉算什么，我不就是一个吴孟超嘛！治病救人是我的天职，这个手术我必须做！"

吴孟超斩钉截铁地说。

九月二十四日，一切准备就绪后，八十二岁的吴孟超不顾助手们反对，毅然走上了手术台。

进入手术室前，王甜甜的母亲紧紧拉住甜甜的手不愿放开。王甜甜哭着说，这也许是最后一面了。吴孟超则弯下腰，笑着对王甜甜说："不要紧张，你醒来的时候，我们都会在你身边。"

手术开始了。一分钟，五分钟，十分钟，一小时，三小时，五小时……吴孟超紧握着手中的手术刀，一刻不停地在王甜甜的肝脏上游走，额头上豆大的汗珠流淌不止。

手术过程中，吴孟超才发现，这个手术难度比之前预料的要大。但身经百战的吴孟超并没有畏缩，没有放弃，他觉得既然王甜甜相信自己，自己就有义务、有责任给这个青春如花的姑娘一次重生的希望。

手术中，吴孟超分离、切除肿瘤的时候，突然出现了大出血的状况。王甜甜腹腔里的血越积越多，大家把所有止血的办法都用上了，却还是不见效。

这时，王甜甜已经输了五千毫升血液，相当于

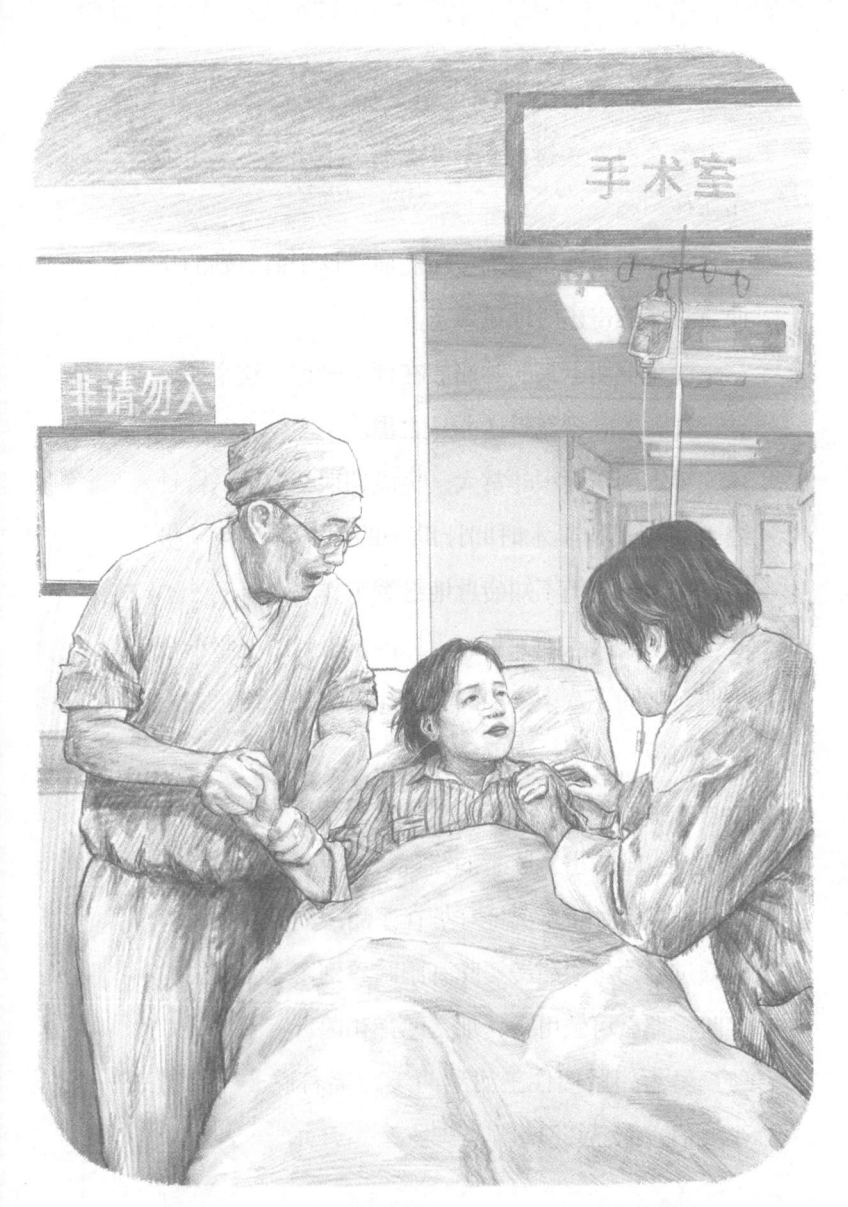

名誉算什么，我不就是一个吴孟超嘛

全身换了一遍血。

怎么办？关键时刻，吴孟超冷静地说："用纱布压住……"

没想到"纱布海绵按压止血"这个最原始的止血方法竟然奇迹般地见效了。

医生把切下来的肿瘤放在秤上一称，这个如足球一样大的肿瘤竟然达九斤之重。

手术创伤面积非常大，吴孟超很细致地一针针缝合。超长的手术时间让助手的耐心都已到了极限，吴孟超却仍不知疲惫地继续工作着。

从早晨八点到下午六点，手术进行了整整十个小时。其间，八十二岁的吴孟超没有喝一口水，没吃一口饭，没上一次厕所。

手术成功了，吴孟超累得瘫坐在椅子上一动不动，脸上却露出了欣慰的笑容。

吴孟超寸步不离地守护在王甜甜病床前。麻醉药效过后，王甜甜缓缓睁开眼睛看到了一张灿烂的笑脸，那么可敬可亲，那么慈祥和蔼。

吴孟超紧握住王甜甜的手，笑着说："甜甜，不要怕，你已经没事了。"

王甜甜望着吴爷爷，泪水瞬间夺眶而出。

九月二十四日这个特殊的日子被永远铭记在了王甜甜心里。这天也被王甜甜定为自己的另一个独具意义的生日——重生之日。五年后，王甜甜把自己的婚礼选在了九月二十四日这一天。

十多年过去了，如今王甜甜的生活和正常人没什么两样，很多人看到她现在的样子完全想象不到她曾患过这么严重的疾病。已经做了妈妈的王甜甜一直珍藏着一张照片，照片上是大病初愈、面带微笑的她和笑容可亲的吴孟超。王甜甜每次看到这张照片都泪眼模糊："吴孟超爷爷慈祥的笑容是带有光芒的。"

后来，王甜甜才知道吴孟超在那天的日记中写道："切面大，出血多。止血花了四个小时，最后用了氩气喷，用蛋白止血喷胶，再用止血片贴上，用大网膜填塞，外加纱布压迫，病人情况尚可，出了大约一万毫升的血。非常惊险。"

许多年以后，在吴孟超同志先进事迹报告会上，王甜甜以《吴爷爷给了我第二次生命》为题做了感人肺腑的报告。

一双与众不同的手

吴孟超有一双与众不同的手。他这双手一生与刀结缘：童年时握割胶刀，青年时开始握手术刀。

说出来很多人不相信，吴孟超的这双手在七十多年的行医生涯中主刀了一万六千多台手术。谁能想到，这个庞大的数字后面，吴孟超是怎样辛苦付出的。

对于吴孟超来说，一台手术下来就是几个小时，甚至十几个小时。漫长的手术过程中，他手中紧握的手术刀一秒钟也不敢停下来，因为他知道自己手里紧握着病人的希望和命运。

因常年累月握止血钳和手术刀，吴孟超的右手已经变形，食指和中指关节弯曲，不能伸直。

其实，他不仅手指变形，脚趾也变了形。

有人也许会问，脚趾为什么会变形呢？

这是因为，在漫长的手术过程中，由于精神高度紧张，吴孟超习惯性地把第二根脚趾搭在第一根脚趾上借力，久而久之，这根脚趾就再也放不下来了。

由于肝叶及血管重叠交错，藏在肝脏深处的血管无法用眼睛看到。吴孟超想出了一个办法——用手代替眼睛。他为了练习双手的感觉，每天在肝脏仿真模型上摸索着练习。

那些日子，他像着了魔一般，废寝忘食地练习。一天天过去了，吴孟超的手变得越来越灵巧，越来越敏感，就像长了眼睛一样。只要手碰触到肝脏，他心里就能把肝脏的各个部位区分得清清楚楚。

一九八六年，一个日本医学代表团带着专业摄制组来到上海"取经"。手术中，摄影师始终对着吴孟超的手部拍摄。到最关键的肿瘤剥离时，吴孟超突然把双手伸进病人的腹腔，神情自若地凝视着前方。

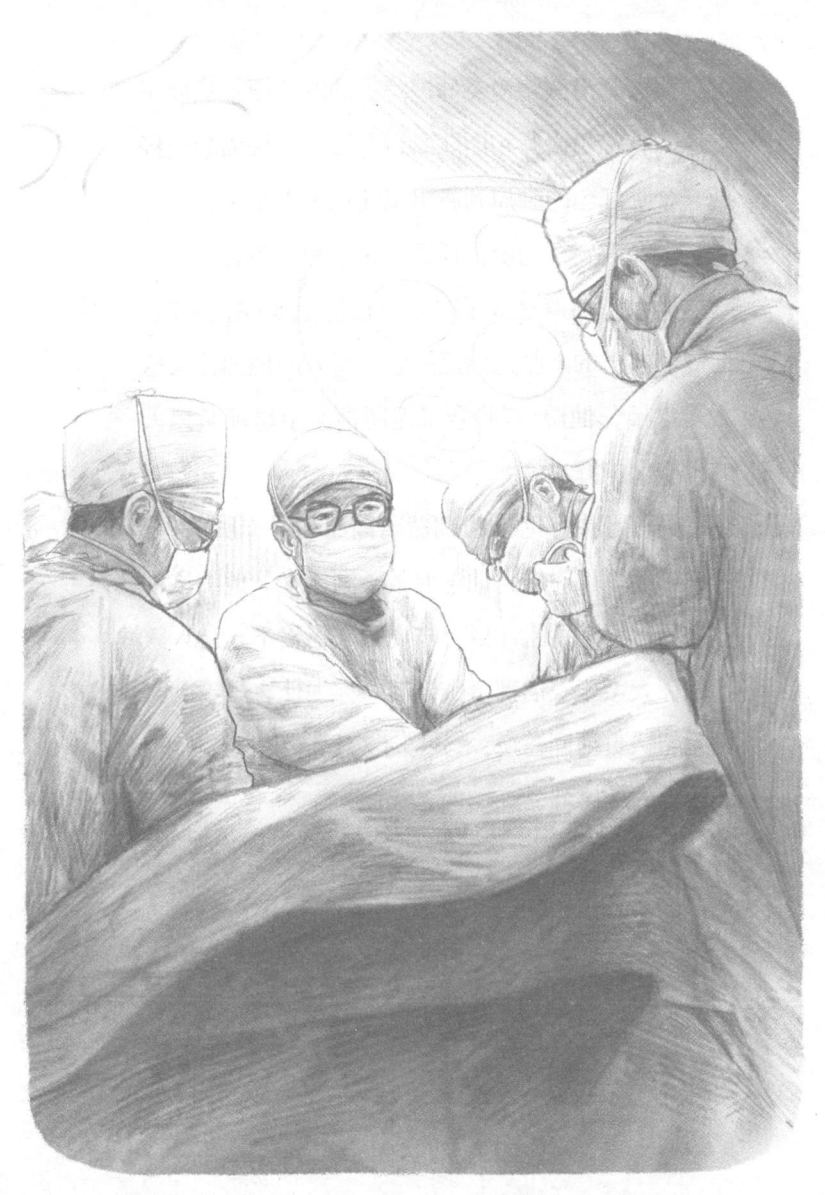

一双与众不同的手

摄影师没法将镜头伸进病人的肚子里，只能干着急。就在摄影师和团队商讨办法时，吴孟超已经把一个暗红色的肿瘤剥离出来托在了手掌上。

没有取到经的摄影师只能无奈地摇头。

吴孟超知道这双手对于自己的重要性，所以，他爱惜自己的手胜过自己的脸。有人问他为什么这么爱惜手，他说："脸老了无所谓，手是拯救病人的，要保护好。"

吴孟超青年时期曾到黄土高原当过赤脚医生，干过农活。那时候，他总要戴一副手套。他的这种行为显得格外引人注目，与周围人格格不入。人家问他，大家干农活都不戴手套，你为什么戴手套？吴孟超认真地回答说："我戴手套是防止磨出茧子，破坏手的敏感性。"

病人就是亲人

吴孟超经常对学生说："救治病人是人文医学，一定要善于关心病人，爱护病人啊。"

每逢大年初一，吴孟超都会带领医生和护士到病房看望病人。他向病人们送上诚挚的新年祝福，笑容满面地与病人握手，交流谈心，鼓励病人积极配合治疗，共同战胜病魔，早日康复出院。

有一次，吴孟超又去查房。走到一位病人的床边时，他看到病人的鞋子随意地摆放在地上。于是，他立即俯下身，将病人的鞋子摆放好。吴孟超觉得帮病人把鞋子摆好，能方便他下床的时候穿鞋。

病人被他这个不经意的举动深深感动了，他

为遇到一位这么好的医生而感到庆幸。他紧紧抓住吴孟超的手，感叹道："吴大夫，您真是个好医生啊！"

其实，这样的场景，吴孟超身边的工作人员已见过无数次。在吴孟超看来，这都是微不足道的事。可是，这些小事在病人的眼里是终生难忘的大事。吴孟超说："做一名好医生，只有高超的医术还不够，还要有爱心和责任心。爱心和责任心可以让医患之间彼此信任。"

吴孟超对病人的感情体现在各种各样的细微之处。

冬天的一个早上，吴孟超去查房。病床上躺着一位住院不久的农村病人。吴孟超觉得自己的手比较冷，就特地揣进口袋里。焐了好大一会儿，手变暖了，他才轻轻地撩起病人的衣服开始检查。

做完检查，他还顺手为病人拉好衣服，掖好被角，临走时和病人握手道别。

这个细微而暖心的动作让病人感动得差点掉下眼泪。

这位病人不知道，这一系列暖心的、并不起

眼的小动作吴孟超已经做了几十年。吴孟超说："这些细微的举动往往能带给病人很大的温暖和安慰。"

在吴孟超的眼里，病人没有高低贵贱之分，对他们要像对待亲人一样。

在长期与病人接触的过程中，吴孟超发现很多外地病人看病非常难，就率先推出了诸多惠及病人的举措。比如，他在上海所有医院中最早推行"双休日门诊"便民服务。

这一举措深得广大病人赞赏。

一九九六年，一个从西北老区来的农民患者到上海后找到了吴孟超。吴孟超认真向他询问了病情、做了诊断后，听说他还没找到住处，便亲自打电话给他安排住处。这位患者深受感动："吴大夫像亲人一样亲啊！好人，好人！"

一位来自福建的老年患者身患肝癌，一路辗转来到医院。在门诊大楼里，遇到了吴孟超。吴孟超听说病人的状况后当即安排患者住院，并亲自带着病人做B超等检查。

吴孟超把这位病人搀扶到病房，拉着病人又黑又瘦的双手嘘寒问暖。

吴孟超走出病房后,病人听说刚才的医生竟然是久闻大名的吴孟超,激动得不知所措。

那些日子,患病老人食欲不佳,吴孟超就耐心地劝他进食,并亲自拿着勺子给他喂稀饭。这顿饱含爱意的饭,老人吃得满脸泪水。

冬天,吴孟超担心检查时把耦合剂挤在病人身上太凉,就要求医生对耦合剂进行加温。

有一年,一个年轻的母亲带着一名两岁的男孩来就诊。男孩表情沮丧,躲躲闪闪。吴孟超笑着望着他,眼神里充满了爱意。当吴孟超用手轻轻抚摸男孩的肚子进行检查时,男孩笑了起来。

男孩的母亲却泪流满面:"孩子生病一年多了,这一年他一直闷闷不乐,这是他第一次笑。"

原来,孩子的母亲带他去过很多医院,在求医过程中,男孩一看到穿白大褂的医生就哭,唯有这一次笑了。这次灿烂的笑容似乎给母亲带来了惊喜和希望。

每次接收了病人,吴孟超都会和病人及其家属交流半个多小时。他说:"一定要让病人知道自己

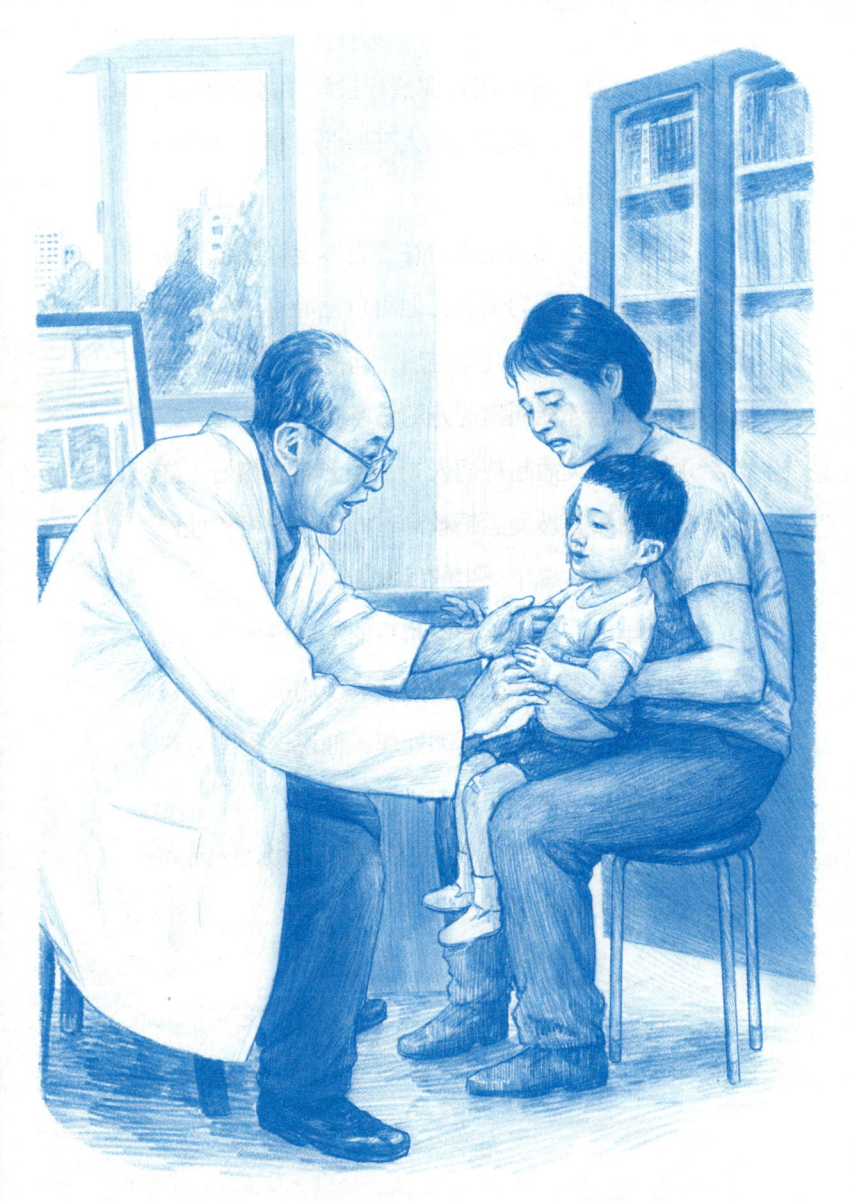

病人就是亲人

患的是什么病,这样病人在治疗过程中才会配合,不能像有些医生,直接给病人开些药了事。医生一定要对病人负责。"

每次会诊,吴孟超都会在便签本上详细记录病人的情况。正是因为细心,他对自己治疗过的每一位病人都非常熟悉。几年过后,有些病人来医院复诊时,他甚至还能叫出对方的名字。

正是因为吴孟超待病人如亲人一般的热情,陆本海、王甜甜等被吴孟超救治过的病人一直和他保持着密切联系,成了一生的朋友。

几十年来,病人给吴孟超写的信堆积如山,康复出院的病人送的锦旗、牌匾挂满了墙壁。每一封来信,吴孟超都要亲自拆阅处理,他说这是医生对病人的尊重。

很多康复的病人在信中发自内心地说:"吴大夫,您的恩德我永生难忘……"

一心想着为病人省钱

吴孟超心地十分善良,见不得别人受苦。

在多年救治病人的过程中,吴孟超遇到过太多家徒四壁、走投无路的患者。从小在苦水里泡大的吴孟超非常了解他们的处境,更是打心底同情他们。于是,在不影响治疗效果的情况下,他会想尽一切办法为他们省钱。

随着医学科技的发展进步,如今很多医生给病人动完手术都会用机器缝合,可是吴孟超却从来不用机器缝合。

有人问他:"吴老,术后您为什么坚持手工缝合呢?"

吴孟超说:"我们要多用脑和手为患者服务,

器械用一次,'咔嚓'一声一千多块钱,够一个农村孩子几年的读书费用了,你手工缝就能把这个钱省下了。我吴孟超用手缝线,分文不要。"

他还对科室医生说:"如果病人带来的片子已经能够诊断清楚,绝不能再让他们花钱做第二次检查;如果B超能够解决问题,绝不建议做费用更高的CT或核磁共振;给病人开药时,在确保诊疗效果的前提下,尽量给病人用最便宜的药。能为病人省一分钱就省一分钱。"

临床医疗中有一种叫"双套管"的医疗用品。它由外套管和内套管两部分组成,一般用透明塑料管、橡皮管和硅胶橡胶管制作而成。吴孟超从来不购买双套管,而是自制双套管给病人使用。因为他认为只要花两分钟就能自制的双套管,成本只需要两块钱,与购置的双套管相比,可以为病人节约五十元。五十元钱对很多困难家庭来说也许可以解燃眉之急。

曾经有一个病人患了肝癌,为了看病四处求医,最后不得不卖掉了房子。后来他来到上海,找到吴孟超成功做了手术。

出院结账时,家属一看账单惊讶不已。从入院到出院,所有费用不过两万元左右。这个费用标准远远低于国内外大多数医院。

病人家属不禁感慨:"没想到上海会有这么低的收费!"

"医院是治病救人的,怎么能想着从病人身上捞钱?病人生病已经非常不幸了,为了治病他们可能已经花光了家里的钱,有的还负债累累。作为医生,一定要设身处地为病人着想,替病人算账。医生应该想怎样解决好病人的病,让他们全家人都高兴,不能再给病人添麻烦,再从病人口袋掏钱。"这是吴孟超常对年轻医生说的话。

作为一名闻名中外的肝胆外科专家和医院院长,吴孟超始终不同意提高他个人的门诊挂号费。他说:"疾病在折磨着病人,我们不能在诊费上再给病人增加负担,能为病人节约一点儿就节约一点儿。"

他经常对学生说:"千万不能把医院开成药店,把病人当成摇钱树。"

二〇〇五年冬天,吴孟超因成就卓越被推荐参评国家最高科学技术奖。上级派人对他进行考核，原定第二天上午和他谈话。医院得知消息，考虑到这是件大事，建议他把原定的手术时间往后推一下。吴孟超听说后，说什么也不同意推迟手术，坚持按原计划进行。他说："对我来说，病人最重要。什么都可以推迟，就是手术不能推迟。"

大家无奈，只能听从吴孟超的安排。

下午，考核组的同志和他谈话时顺便问了一句："吴老，上午在给谁做手术啊？"

吴孟超说："一个河南的农民，病得很重，家里又穷，乡亲们凑了钱才来上海的，多住一天，对他都是负担。实在抱歉，让你们等我了。"

考核组的同志们听后竖起大拇指连连赞叹。

对自己节俭的老人

吴孟超在生活中是一个非常节俭的人，他的节俭程度超乎常人想象。很多人觉得，以他的医学成就完全可以享受安逸体面的生活，可他并没有这样做。

年近七十岁，无论刮风下雨，他还骑着一辆除了铃铛不响哪儿都响的破旧自行车上下班。有一次，他到了办公室，有同事看到他身上贴着胶布，便心疼地问怎么回事。吴孟超笑了笑说："骑自行车不小心摔了一跤。这都是小事情。"

吴孟超毕竟上了年纪，身体不像年轻人一样灵活，骑自行车摔跤是家常便饭。

后来，为了他的安全考虑，家人给他买了一辆车架小一点儿的女式自行车。这辆自行车他视若珍宝，骑坏了无数次都不舍得换，直到他八十多岁，这辆自行车才"光荣退休"。

吴孟超的手术餐常年是两菜一汤。他知道农民种粮食不容易，每次吃饭都吃得干干净净，一粒米不剩。

有一次，工作人员觉得他在手术台上一站就是几个小时，太辛苦，实在看不下去了，就悄悄地改成了四菜一汤。吴孟超忙完手术，坐到饭桌旁拿起筷子，一看桌子上摆着四菜一汤，顿时不高兴了。他把筷子往桌子上一放，说："做那么多菜，我年纪大了，吃不了那么多。这是浪费啊。"

工作人员无奈，后来不得不又改回了坚持多年的两菜一汤标准。

吴孟超对工作人员也照顾得很周到。常年在吴孟超身旁的工作人员说："每次吃饭，吴老总是担心我们有没有吃饱，但凡跟他同桌，吴老一定会给我们夹菜，就像自己的爷爷一样。"

下班后，如果吴孟超看到走廊里亮着灯，他要一个个亲手关掉。每次打印材料，他都要双面打印。内部开会,看到有人用一次性纸杯倒水,他就会说:"大家都有自己的杯子,为什么要用一次性杯子?多浪费。"于是,后来大家都用起了自己的水杯。

吴孟超对于穿戴也没那么多讲究,他身旁的工作人员很少看到他穿便服。他平时最爱穿的就是一套军装。他的学生说:"吴老一年四季都穿军装。他有一套西装,只在国际会议上才穿。"

一位常年帮助吴孟超换手术服的学生发现了他的一个"秘密"。

吴孟超有一件白色的背心,这件背心他一穿就是好几年。学生眼睁睁看着老师的白色背心渐渐变了颜色,又渐渐穿出一个个洞来。随着时间的流逝,那件背心上的洞也越来越多,越来越大。他提醒老师背心该换了,可是吴孟超从来都听不进去。

这位学生想看看老师这件背心到底要穿到什么时候。可是,直到后来这位学生离开了医院,吴孟超的这件背心还一直在穿。

吴孟超去外地出差,从来不坐头等舱。别人问他,头等舱要比经济舱舒适,为何不坐头等舱?

吴孟超幽默地回答说:"我个子太小,坐头等舱浪费。"

吴孟超对自己很节俭,对别人和国家却很大方。鉴于吴孟超在肝胆外科方面做出的卓越贡献,他多次受到国家表彰和奖励,而他却多次将奖金全部捐献出来,用于祖国的医学研究和人才培养。

吴孟超说:"我自己每个月的工资加上国家给的补助,足够衣食无忧了。孩子们也不需要,我要那么多的钱财,有什么用呢?"

手术室是他最喜欢待的地方

手术室是吴孟超的战场,是他的"家园",他一辈子大部分工作时间都在手术室里,手术室也是他这辈子最喜欢待的地方。他曾说:"我从二十几岁做手术,已经几十个年头了,习惯了这里的氛围,甚至气味,只有站在手术台前,我才觉得踏实,才觉得自己是年轻的。如果有一天倒在手术台上,那是我最大的幸福!"

那么,吴孟超到底多喜欢手术室呢?

无论刮风下雨,吴孟超每天总是第一个到手术室。在每个房间巡视一遍后,发现年轻医生都还没来,他就自个儿发一顿牢骚:"唉,这些年轻医生怎么比我还晚到?"

过了一会儿，有一两个外科医生到了，吴孟超看着"不顺眼"，就叫住他们好好教导一番："你们怎么来得比我还晚？！这样不行啊！"

他不仅来得最早，还走得最晚。每次给患者动完手术他都喜欢"赖"在手术室不走，这里检查一下，那里巡视一番，然后捧着学生给他准备的茶水和他们聊天、讲故事。他的故事都是和医学相关的，都有深刻的教育意义，有利于年轻医生的成长。

吴孟超讲得最多的一个故事是关于一杯牛奶的故事，这是发生在他身上的真实故事。吴孟超年轻时曾在麻醉科工作过半年。有一次，他给一位即将手术的病人做完麻醉后出去喝了一杯牛奶。当再回到手术室时，他突然发现病人心脏已停跳。吴孟超吓得直冒冷汗，赶紧叫来同事一起抢救。好在病人经过紧急抢救，成功脱险。这个已经过去几十年的教训让他印象深刻，从那以后他做事更加专注、负责了。他也常常以此来告诫年轻医生责任心和专注的重要性。

有一次，吴孟超做完手术，很疲惫地坐在椅

手术室是他最喜欢待的地方

子上休息。他沉默了一会儿，长吁一口气，说："唉！力气越来越少了，确实累了。"

一旁的护士长程月娥关心地说："您累了，以后就少做一点儿吧。"

吴孟超说："你看，这个病人才二十岁，多可怜，累也得做啊。"

程月娥看到吴孟超的手术服都被汗水浸透了。他的两只胳膊撑着椅子扶手，双手微微颤抖着，说："小程啊，我的有生之年怕是不多了，如果哪一天在手术室倒下了，记住给我擦干净些，别让人看到我一脸汗水的样子。"

程月娥一听，泪眼模糊。

吴孟超把手术室亲切地称为"开刀房"，把麻醉科称为"麻醉房"。医院的六号手术室是吴孟超的专属开刀房，这个开刀房的手术台旁有一个十几厘米高的木垫，是助手们为了方便个子不高的吴孟超为病人做手术准备的。

吴孟超习惯在开刀房洗澡和上厕所，即使他办公室在二楼，也要去三楼的麻醉房和开刀房的厕所。春节期间放了假，他也会一个人到开刀房里坐一坐。

后来,医院为了方便吴孟超生活和工作,对病房楼十五层的一间办公室进行了改造,设置了洗浴房和床铺,里面是睡觉的地方,外面设有一张办公桌用来办公。吴孟超收到这份特殊的"礼物",高兴得像个孩子。

在这个小小的自由世界里,吴孟超常常在夜深人静的时候处理文件、探索真理,有时候不知不觉就趴在办公桌上进入了梦乡。

父爱如山

吴孟超是一位医术高明的肝胆外科医生,更是一位有担当的伟大父亲。

那年,吴孟超的二女儿因肠癌肝转移住进了医院,需要做手术治疗。有着肠道手术经验的吴孟超表示要亲自为女儿切除肠道肿瘤。很多人觉得九十多岁的老人为自己六十多岁的女儿做手术要承受很大的心理压力,便劝他请其他人完成手术,可吴孟超说什么也不同意,坚持要亲自上台。

这是一份沉甸甸的父爱,更是一份义不容辞的担当。

手术当天早晨,吴孟超和女儿进入了手术室。同时,学生们也都为他的这场手术做好了一切准备。

这场手术显得那么平常,却又那么不同寻常。大家都能感觉到这场手术对于吴孟超来说肯定不会像平常那样轻松自然。

手术开始了,现场却是出奇的安静,时间仿佛瞬间停止了一般。

如果在平时,吴孟超做手术时总要免不了对医生和助手进行指导或训斥,有时还会"很不放心"地叮嘱一下麻醉或护理之类的事。可是,这次他身旁的学生清楚地记得,从头到尾他没有说过一句话,而是全程紧锁双眉,精神高度集中。

吴孟超小心翼翼地打开女儿的腹腔,发现女儿的病情比预想的还严重。他的表情更加凝重。作为一位经历无数次大大小小手术的外科专家,他面对女儿的病情却显得那么无奈。

女儿肠道上大大小小的瘤子已转移到肝脏上。对于大的瘤子,吴孟超一个个认真细致地切除,小的用微波针一个个烧灼。学生们都知道,即使可见的瘤子全部处理掉,也不可能全部根除,以后还会有看不见的肿瘤细胞生出瘤子。吴孟超当然也明白这一点。但面对命运的考验，他绝不会放弃，他执着地尽全力拯救女儿的生命。

此时的他不再是一位享誉国际的外科专家，而是一位传递爱与生命的慈祥父亲。此刻，他佝偻的背影深深感动了在场的每个人。

最终，这场饱含爱意的手术，吴孟超坚持了下来。

替女儿缝合手术伤口时，他还是按照自己一贯的做法——手工缝合。他的手一如既往地那么稳健，没有丝毫的颤抖。他似乎在用这种独特方式抚平自己精神上的创伤。

手术结束，吴孟超拖着沉重的脚步走出手术室。那一刻，他的身影是那么平凡，却又那么高大。

九十七岁,他退休了

九十多岁的高龄老人,本该和家人享受天伦之乐,可早已过了退休年龄的吴孟超却仍然坚持站在手术台上,手持手术刀治病救人。

吴孟超的亲人、朋友、学生和同事都多次劝他放下手术刀,安享晚年,可他不同意。他说:"我在家里待不住,只要我能动,我就要干。再说,我的病人相信我,需要我,我离不开他们,不能抛下他们不管。那么多年,这种生活我早已经习惯了,不看病人,我会觉得无聊。"

随着年龄的增长,吴孟超更加珍惜时间,他说:"我的时间,就是工作。长期拿钳子,手指头都歪了。人家说你不要命啊,我说我的时间很宝贵，一分钟等于你一个钟头。我不努力工作做贡献，在那儿享受，白白浪费时间，何苦呢？只要身体行，我就干！"

由于下肢动脉硬化，吴孟超无法长时间站立，工作人员给他特制了一把高凳子，让他坐着进行手术。

九十七岁时，从医七十余年的吴孟超终于退休了。那天，他做完人生的最后一台手术后，并没有马上回到更衣室，而是在手术室里坐了很久很久。他看看这里，望望那里，似乎对这个坚守了一生的手术台有些恋恋不舍。

九十七岁高龄退休，吴孟超恐怕是第一人。

有人对他说："吴老，您退休了，可以好好休息一下了。"

他笑着说："作为一名医生，无所谓退休不退休。院长这个职位退休了，而患者需要我的时候，我照样工作，永远不退休。"

在二〇一九年一月的退休仪式上，吴孟超发言时说："我能有今天的成就，全是党和军队培养的。我坚决支持、拥护和服从党中央关于实行院士退休制度的重要举措。虽然人已退休，但只要部队需要我、病人需要我，我随时愿意进入卫勤战位、回到临床一线！"

吴孟超退休后并没有真正闲下来，而是仍旧心系病人，心系肝胆外科事业；通过学生了解一些他们工作中遇到的困难，并给予帮助；他还仍旧参加各种学术会议和社会活动。

吴孟超像往常一样，坚持每天看报学习，他会把订阅的十几份报纸浏览一遍。这些报纸中，他钟爱《医师报》，报纸上的每篇文章他都要一字一句地仔细品读。除此之外，他还喜欢看《新闻联播》和抗战片。他说《新闻联播》可以让自己了解国内外大事，抗战片可以让自己找到年轻时的回忆。

"吴老是那种'生命不息，战斗不止'的人，他看不得患者受苦，他的人生没有'退休'两个字。"吴孟超的同事说。

吴孟超退休后，因为身体原因，不得不作为一个患者在医院接受治疗。在疾病面前，他从不会表现出一点儿痛苦和沮丧，反而处处表现出一种不同寻常的豁达和乐观。

有时候，护理人员给吴孟超扎针时因紧张没能做到"一针见血"，他会笑着安慰护理人员："没关系，我能理解，我能理解。"

吴孟超的学生周伟平每次去病房探望吴孟超，他都会问来做什么。如果是来汇报工作，他就会特别兴奋，仿佛一下子来了精神。

师徒情深，肝胆相照

"中国肝脏外科之父"吴孟超和中国外科泰斗裘法祖两位医学巨人改变了中国外科的历史，同时，也演绎了一段医学界的师徒佳话。

二〇〇八年六月，裘法祖去世，吴孟超听闻后悲痛不已，他放下手中的工作特地从上海乘飞机赶到武汉为恩师送别。

裘法祖追悼会那天，吴孟超乘坐的汽车开到了灵堂前。由于下着大雨，道路十分湿滑，路人一不小心就会摔倒在地。吴孟超顾不得雨水和路滑，一下车就直奔恩师的灵堂。

到了门口，吴孟超看到挂在灵堂中央的恩师遗像，他忽然停住了脚步，片刻之后，缓缓向遗像移动。从门口到遗像也就六七米的距离,吴孟超却一步一停地走了整整两分钟。

恩师去世,吴孟超万分悲痛。

他心情沉痛地给恩师鞠了三个躬,缓缓起身,目光再一次落在恩师的遗像上。他和恩师裘法祖在一起工作的画面再一次浮现在眼前。

吴孟超缓缓后退了几步,再次向恩师的遗像深深鞠了三个躬。他鞠躬的时候身体起来得十分缓慢,神情悲伤,嘴角在抽动。

过了许久,吴孟超哽咽着对工作人员说:"我去看看师母。"

吴孟超是裘法祖的第一批学生之一。这对师生是师徒,亦是挚友。两人惺惺相惜,彼此尊敬。

一九七五年,吴孟超成功为陆本海做了震惊全国的肝脏手术。远在武汉的裘法祖听说后专程赶去上海向吴孟超学习。裘法祖既高兴又自豪地说:"这么高难度的手术,我也做不了,他远远超过了我,我非常自豪。"

吴孟超谦虚地说:"我没超过老师,为人方面我还要继续向他学习,他给别人写信都要亲笔写啊，写得清清楚楚，我做不到，我都叫秘书写了。"

每年春节前后，吴孟超不管工作多忙，都要抽出时间给恩师裘法祖打电话或寄张写满深情寄语的贺卡，送上新年祝福。

一九九六年，吴孟超被中央军委授予"模范医学专家"荣誉称号。吴孟超深知这份荣誉离不开恩师的栽培，他把裘法祖请到了主席台上。

他深情地说："这位是我的老师。"

台下掌声经久不息。

裘法祖激动地说："骄傲啊！光荣啊！"

吴孟超常常说："我能够有今天的成绩，都是恩师不停地指导的结果，他像对儿子一样对我，我们是无话不谈。我有什么想法都会告诉他，我们一个礼拜要通一次电话。我感到非常幸运，遇到一个伯乐，真正的伯乐。"

严师出高徒，桃李满天下

吴孟超九十六岁时还依然坚守在工作岗位上，每周至少做两台手术。

对于吴孟超这种蜡烛式的工作态度，大家敬佩之余，更多的是不解："吴老，您年龄那么大了，也功成名就了，为何还那么拼命地工作？"

他笑着回答道："我自己身体还可以，我做手术主要是为了带教年轻人，为国家培养更多的年轻医生。"

正如他所说的那样，为了培养更多的人才，如辛勤园丁一般的吴孟超把自己的本领毫无保留地传授给了学生们。他的这一举动让中国肝脏外科手术的整体水平得到巨大提升，也奠定了中国肝脏外科在国际上的地位。

有人对吴孟超说:"俗话说'教会徒弟,饿死师傅',您把拿手绝活儿都教给了别人,您的优势就没了呀。"

吴孟超回答说:"我国有几十万肝癌患者,靠我们几个怎么能行。我现在九十六岁了,攻克肝癌在我这辈子大概还实现不了,我要培养更多人才,让以后的人继续往前走。"

有人做过统计,在当今中国,百分之八十的肝胆外科专家和医生都是吴孟超的学生,或者他学生的学生。吴孟超亲手教过的学生已是第四代了,他培养出来的博士研究生和博士后研究人员遍地开花,他们已成为我国肝胆外科的中坚力量。

众所周知,吴孟超对学生非常严厉。越是喜欢的学生,越是寄予厚望的学生,吴孟超对其越是严厉苛刻。学生们也知道老师这个特点,所以,一旦有哪位学生因被吴孟超批评了略显沮丧,另一位学生就会说:"吴老师骂你是好事,重视你才骂你,这是好事呀。"

事实上,的确是这样。

严以群医生从一九八四年开始便跟随吴孟超工作。他担任吴孟超的协理医生时，一位在医院实习的同学因为没有处方权，就来找有处方权的严以群帮病人开了一种药。

此事被吴孟超知道了，他严厉批评了严以群，并责令他写一份书面检讨。与此同时，吴孟超自己却跑到院领导那里帮严以群求情，让领导网开一面。

当严以群将几千字的检讨书送来，吴孟超看完又还给他，说："让你写检讨只是形式，目的是让你改正缺点。希望你以后不要再犯类似错误。"

严以群接过检讨书，感动得泪流满面。

对于查房这件事，吴孟超对学生的要求也非常严格。他说："查房就是一次考试，看哪里做得不到位。"

查房时，吴孟超经常逐字逐句查看病历和医嘱记录单，对出现错误的医生既严肃批评，又指导帮助。他觉得医生所做的一切都关系到病人的生命和健康，丝毫不能马虎。

一次，吴孟超检查一位学生给病人写的病历时看到了一个错别字。吴孟超把这位学生拉到一边又是一顿严厉的批评教育。吴孟超告诉学生,工作一定要认真细致,这样才能把事情做好。像这种错误看似小事,却有可能酿成大祸,还有可能影响到医院的声誉。

从那以后,这位学生写病历时,再也不敢马虎了。

尽管吴孟超对学生很严厉,想拜他为师的人还是挤破了门槛儿。竞争甚至不足以用"激烈"来形容,而是要用"惨烈"来形容。

麻醉专家俞卫锋回忆说:"来到大学的第一场入学教育,就是听当时如日中天、创造了肝脏外科界无数个第一的吴孟超教授入学讲演。听完吴老的奋斗史,年轻气盛的我一阵热血沸腾。也就是那一天,我下定决心要跟随这位老师学本事、做大事。来到大学之前,他代表了我的家乡人民对健康的向往;来到大学之后,他诠释了我对医学殿堂所有的憧憬。"

吴孟超对学生在学术方面的要求也特别严格。在审阅论文时,他对学生们论文中的数据和病例会逐一核实，甚至连语句的表达方式和标点符号都不放过。

关于论文的署名，他也有严格要求："我没有参与的文章一概不署名，没有劳动就不能享受人家的劳动成果，那种不劳而获的事我不干。"

有时候学生说，挂上吴孟超的名字，文章好发表。

吴孟超极力反驳道："那更不行。发表论文不是看面子的事，要靠真才实学。你文章写得好、写得实，人家自然会为你发表，打着我的旗号，那是害人害己。"

吴孟超对那些写文章时东抄西抄的行为非常反感。那时候，医院有个年轻医生抄袭别人的论文，吴孟超发现后，毫不犹豫地把他开除了。

吴孟超要求学生们必须有过硬的基本功，做到"三会"：一是"会做"，即判断准确，下刀果断，手术成功率高；二是"会讲"，即博览群书，能够阐述理论；三是"会写"，即善于总结经验，著书立说。

吴孟超严厉而和蔼。在外面，大家都尊称他为吴院士，而他的学生更愿意叫他"老爷子""吴老"或"校长"。对于各种亲切的称谓，吴孟超也乐意接受。

一九九七年，吴孟超用自己的积蓄、稿费和奖金，加上社会各界的捐赠共五百万元，设立了"吴孟超肝胆外科医学基金"。二〇〇六年，他又把获得国家最高科学技术奖的五百万元和总后勤部奖励的一百万元全部用到人才培养和基础研究上。

吴孟超说："我所有的知识和荣誉都是党和军队给予的，而我回报祖国和人民的还太少太少。六百万元对我没什么用，还不如拿出来培养人才。"

有人问吴孟超，为什么自己不留一点儿？

他回答说："我现在的工资加上国家补贴、医院补助，足可以保证三餐温饱，衣食无忧了。我的老师裘法祖教授常教诲我，做人要知足，做事要知不足，做学问要不知足。"

他感动了中国

吴孟超的医学精神和高尚品格深深感动了全国人民。二〇一一年，他被推选为"感动中国"人物。

二〇一二年二月三日，《感动中国》人物颁奖典礼那天，吴孟超被邀请到中央电视台颁奖现场。在热烈的掌声中，这位耄耋老人缓缓走上舞台，给台下的观众敬礼致意。他虽然年近九十，却依然精神抖擞。这个舞台因吴孟超的到来顿时变得熠熠生辉。

颁奖之前，大屏幕上播放了吴孟超的光辉事迹，观众们再次被感动落泪。

《感动中国》给吴孟超的颁奖辞这样写道：

六十年前，他搭建了第一张手术台，到今天也没有离开。手中一把刀，游刃肝胆，依然精准；心中一团火，守着誓言，从未熄灭。他是不知疲倦的老马，要把病人一个一个驮过河。

《感动中国》一位推选委员这样评价吴孟超："吴孟超总以无尽赤忱善待病人，以赤子之爱对待肝胆外科事业。医者仁心，一个伟大的医者，不仅凭医术，更凭仁爱感动世人，吴孟超先生，是当之无愧的医学泰斗。"

《感动中国》另一位推选委员这样评价吴孟超："吴老以九十高龄，与患者肝胆相照，作为医生，作为军人，他都是一座丰碑。"

在《感动中国》颁奖舞台上，中央电视台主持人感慨地说道："看您的职业生涯，这么多年，几乎可以说是完美的。"

吴孟超却谦逊地笑着说："那差太远了。"

对一位伟大的医者来说，前行的道路也许永无止境。

吴孟超之所以令人感动，是因为他医者仁心，心怀大爱；他之所以令人感动，是因为他在手术台旁站了一生；他之所以令人感动，是因为他医术高明，给无数病人带来重生的希望；他之所以令人感动，是因为他创造了中国肝胆外科无数个第一。

他的一生有太多故事值得每一位国人为之骄傲和感动：

他翻译出版的《肝脏外科入门》是我国第一部中文版的肝脏外科普及读本；

他制作出中国第一个完整的肝脏血管铸型标本；

他成功完成我国第一例肝癌切除手术；

他独创了"常温下间歇性肝门阻断切肝法"肝脏止血方法；

他成功完成世界第一例中肝叶切除手术，切除迄今为止世界最大的肝海绵状血管瘤；

他成功进行世界第一例腹腔镜下的肝癌切除手术，率先提出巨大肝癌先经综合治疗再行手术切除的"二期手术"概念；

他创建了我国第一所肝胆外科专科医院和肝胆

外科研究所；

……

对于一份份耀眼的荣誉和表彰，吴孟超却笑着说："这些年，祖国和人民给了我很多荣誉，但这些荣誉，不是我吴孟超一个人的，它属于教育培养我的各级党组织，属于教导我做人行医的老师们，属于与我并肩战斗的战友们。岁月不饶人，但我还想在有生之年再做一些有意义的事情。只要肝癌这个人类健康的大敌存在一天，我就要和我的同行们与它斗争一天。为人民群众的健康服务，是我入党和从医时做出的承诺，我将用一生履行这个承诺，用一生为理想去奋斗！"

医者仁心，人民难忘

二〇二一年五月二十二日十三时二分，深受人们爱戴的吴孟超院士顽强的心脏停止了跳动。这位把毕生精力奉献给中国肝胆外科事业，并做出巨大贡献的慈祥老人永远离开了我们，离开了这个美好世界，离开了他坚守一辈子的手术台。

亲朋好友知道吴孟超生前特别爱干净，一起含泪给他做了最后的身体护理，给他打扮得干干净净、体体面面，给他换上了那套最心爱的海军服。这一刻，亲人们仍不愿相信老人已离开这个世界，他们哽咽着紧紧握住吴孟超那双拯救过无数个生命的双手，不舍得松开。

可是，吴孟超真的走了。

他安安静静地躺着，仿佛进入了梦境一般，梦里有他最爱的手术刀，最爱的手术室，爱如亲人般的患者……

吴孟超对于死亡的态度十分坦然，他认为生老病死是一个很自然的现象。他曾对自己的一个学生说："如果哪天我不好了，不要给我插管，不要抢救，生命是一个自然的过程，到时间了就让我归到自然去吧。"

五月二十六日早晨，上海的天空飘起了绵绵细雨。龙华殡仪馆内一片肃穆，吴孟超遗体告别仪式在这里举行。现场摆满了素色花圈，花圈上的挽联上写着：沉痛悼念吴孟超同志。

灵堂里播放的不是哀乐，而是吴孟超生前喜爱的歌曲《国际歌》。吴孟超身着笔挺的军装，身盖鲜红的党旗。灵堂正中央挂着吴孟超的遗像，两侧的挽联上写着：一代宗师披肝沥胆力拓医学伟业，万众楷模培桃育李铸就精诚大医。

从早晨五点开始，殡仪馆外就排起了长长的队伍。亲人、同事、学生、战友、吴孟超曾救治过的患者和许许多多爱戴他的市民，从四面八方赶来，为他送行。他们哽咽着，颤抖着双手献上一枝枝素雅的菊花，向吴孟超遗像深深鞠躬、敬礼，做最后的告别。

吴孟超的遗像面带笑容。这熟悉的笑容曾经带给无数人温暖和希望。人们望着他慈祥的笑容，心里更加悲痛难过。人们纷纷在花束、卡片上深情地写下对吴孟超的思念之情：

吴老，您是我心中的灯塔，永远照亮我前进的方向。

您是星空中最亮的那颗星，我们永远追随您，仰望您，想念您，您永远活在我们心中。

医者仁心，人民难忘。

吴老，您笑起来真好看，像天使一样。

感谢您给了我第二次生命，您是我最亲最爱的人。

师恩难忘，谢谢您，老师。

国士无双，中国脊梁！先生一路走好。

您是我学医路上的榜样！您挽救过的生命不会忘记您，我也不会忘记您。

作为吴老的学生,我们要把肝胆外科事业传承下去,像吴老教导我们的一样,全心全意为患者服务,挽救更多生命。

……

还有很多不能到现场的网友通过网络纷纷留言,通过文字表达内心深处对吴孟超的爱戴和怀念:

我敬佩您的精湛医术,更敬佩您崇高的人品。

很难想象,一个人能从医七十余年,拯救了两万多人的生命,在九十六岁高龄时做了五十二台手术……但,吴爷爷做到了,吴爷爷一路走好。

济世救人,功盖华佗!

……

同时,上海东方肝胆外科医院、福建医科大学孟超肝胆医院、福州市吴孟超院士先进事迹展示馆和福州市闽清县云龙乡吴孟超院士馆也设置了悼念灵堂,供人们缅怀、追思这位一生充满光彩且令人敬仰的国之大医。

上午十时三十分许,载着吴孟超骨灰的灵车缓缓驶出殡仪馆。灵车所经之处,人们无不鞠躬行礼、哽咽抽泣。不知谁用嘶哑的声音喊了一句:"吴老,走好!"

街道两旁目送吴孟超的人们再也控制不住自己的情绪,跟着大声哭喊:"吴老,走好!吴老,走好!"

这时,一位身着黑衣的女孩突然挤出人群,哭喊着追赶灵车。她声嘶力竭,悲痛欲绝。她就是吴孟超给予了第二次生命的湖北女孩王甜甜。她听说吴孟超爷爷离开的消息后,专程从湖北连夜赶来。

王甜甜哽咽着说:"二十二日,我和妈妈得知吴爷爷去世的消息,我们非常难过。当时妈妈正在重庆照顾病重的外公,但是得知吴孟超爷爷去世,外公也让妈妈先去上海送别,我和妈妈分别从湖北和重庆出发往上海赶去。吴爷爷是我的救命恩人。"

这些年王甜甜和吴孟超的家庭一直有联系,两家时常交换近况。王甜甜说:"我有两个孩子,一个八岁,一个一岁半。等孩子们再懂事一些,我一定会带他们去吴爷爷的老家福建闽清,那里有吴孟超院士纪念馆,我会给他们讲吴爷爷的故事,希望他们也能像吴爷爷那样造福全社会。"

从医七十多年、有着六十多年军龄和党龄的吴孟超曾这样回顾自己的一生:"我非常庆幸自己当年的四个选择:选择回国,我的理想有了深厚的土壤;选择从医,我的追求有了奋斗的平台;选择跟党走,我的人生有了崇高的信仰;选择参军,我的成长有了一所伟大的学校。如果说有什么成功秘诀的话,我这几条路走对了,就是秘诀。"

吴孟超用自己独特的方式赢得了人们的爱戴。他心里时时刻刻不忘世人,世人自然也不会忘记吴孟超。